汎遇 著

毛骨悚然的臺灣靈異事件

目錄

第一章 牽腸掛肚的鬼 …… 3
第二章 祭陰 …… 27
第三章 救難員的經歷 …… 51
第四章 雙陰靈 …… 77
第五章 失卻半身的女鬼 …… 103
第六章 預見 …… 127
第十章 靈異樹葬 …… 145
第八章 焦臭黑女鬼 …… 169
第七章 醫院餓鬼 …… 197

第一章

牽腸掛肚的鬼

呵呵……溫暖笑聲傳來，剛卸下書包的曹善賢，循聲往廚房而去，走到一半，奶奶捧著一盤點心，迎面而來，笑呵呵地說：「看看，我很厲害，算準了你回家時間。看，你愛吃的烤番薯，很香唷。」

曹善賢滿臉歡欣的接過盤子，在鼻息間聞了又聞……

❖

「咚，咚，咚咚咚……」一陣陣打鼓聲浪，喚醒了睡夢中的曹善賢。

他轉頭望去，原來是手機聲響，他超喜歡打擊鼓樂聲，所以設定成手機聲音。

抹掉眼角淚花，他接起手機，是他的土水師傅林桑，粗大嗓門傳出來：「阿賢，我們今天要去新蓋大樓，你知道不知道？」

「知道，你昨天說過。大樓的四樓，但地址我不太清楚。」

林桑給他地址，曹善賢記下後，關掉手機，下床穿衣，把需要的東西帶妥，準備出門。

就在他拉上房門之際，忽然鼻息又聞到一股若有若無的烤番薯香味。他猶豫著，推開房門，向內探視一圈。好一會兒才拉上房門，踏出去。

第一章

牽腸掛肚的鬼

奶奶已仙逝了兩年多，怎麼會夢見她呢？今早的夢特別鮮明，剛剛夢境裡的烤番薯香味，讓他忍不住憶起過往的日子……

❖

懵懂的幼年，什麼都不懂，唯一有印象的是他跟奶奶相依為命。在他的小天地中，只有奶奶呵護著他。

有一次，好像是小五吧，學校舉辦家長會。同學的爸媽都出席了，眼看家長會要開始了，奶奶在他盼了又盼之下，穿著邋遢的出現了。

他非常開心，想不到卻也是夢魘的開始。

從此之後，同學不再跟他來往，避之唯恐不及，還不斷訕笑、譏諷他，甚至各種霸凌都衝他而來。

他成績一落千丈，開始逃學。老師到家裡訪問多次，奶奶也不斷鼓勵他、要他用功，才能出人頭地。

他完全聽不進去，只有滿腦袋的疑問：為什麼我沒有爸媽？為什麼媽媽不要我？為什麼我跟別人不一樣？

這狀況，不斷重複上演。勉強國小畢業，他不想上國中。可是奶奶苦口婆心勸告他，跟他談條件，最少拿到國中畢業證書，以後就隨便他了。

同時，他也提出了唯一的條件，就是讓他去探望媽媽。可是，奶奶斷然拒絕。雙方開始長期的拉鋸戰。

長長的暑假，轉眼就溜走了，國中開學前，奶奶找他再次談判。

最後奶奶答應讓他去看媽媽，但是有附帶條件：第一，只能偷偷去看。第二，不管結果如何，他都必須要履行約定——要上國中。

當下，曹善賢有如飛上雲霄般，感覺自己整個人都煥然一新：原來我有媽媽，並不像同學說的那樣是個沒人要的野孩子。

忽然，曹善賢想到，既然有媽媽，那一定也有爸爸！他向奶奶提出這個問題，奶奶變了臉，聲音艱澀的告訴他：「不要得寸進尺，乖乖去看媽媽，回來準備上學去，就這樣，懂嗎？還有，不能上前跟她說話，要偷偷的、遠遠的看她，這是你跟我談好了的條件！」

❖

「咚，咚，咚咚咚……」手機又傳來陣陣打鼓聲，曹善賢將機車停靠道路旁，才接起來，又是林桑：「你還沒到嗎？」

第一章

牽腸掛肚的鬼

「快到了，我剛剛去吃早餐，所以慢了一點。」

「喔，好吧，快一點，我等你。我們今天做大樓的四樓。」

長大後，曹善賢才真正了解奶奶拉拔他的艱辛，但是，為什麼今天清晨又夢見奶奶？

尤其是那股烤番薯香味，令人回味無窮。曹善賢在想，下午放工後，就去買一顆烤番薯吧。

想到這裡，他忍不住笑了，自己長大了依然那麼嘴饞。

不不不，不是嘴饞。正確來說，是烤番薯裡有奶奶的味道……曹善賢忍不住空出手，往自己後腦袋拍一掌。唉唷，我今天有病嗎？儘想些無聊的事。

不一會兒，到達目的地。這棟二十層高的電梯大樓，硬體粗胚完工一大半。曹善賢停妥機車，踏進大樓底層，林桑和兩位工地的人，正在閒談，一位是監工，另一位曹善賢第一次見面。

談到一半，監工看著腕錶，問另一位：「矮仔莊，你的人到底什麼時候到？我要去公司，不能再等了。」

原來他叫矮仔莊，還真名符其實。

曹善賢忍住笑，偷看他的身材，只到林桑肩膀，可能不到一六〇公分。

「他知道今天要架網，等一下會到。」

「不要每次都這樣。我早告訴過你，硬體粗胚完成，要趕快架上安全網。」

矮仔莊看一眼林桑和曹善賢，問監工道：「頂樓還沒完工吧？」

「昨晚完工啦，不然我幹嘛叫你今天來？」監工一雙濃眉擰的緊緊。

「聽說，最近查得嚴。」林桑接口說。

「對呀，A區有一棟發生工安意外，上頭盯得緊，我們要謹慎些。」

矮仔莊用手機連絡過，對方卻說臨時被叫到另個工地，恐怕沒辦法來了。

矮仔莊聽了，臉都綠了，他看一眼曹善賢，忽然想到：

「呀，林桑，可以拜託你……」看一眼曹善賢：「跟你借一下這位小兄弟嗎？」

林桑向來阿沙力，溜一眼曹善賢：「你說他呀？他只會土水部分而已耶。」

「沒關係啦，他只要幫我拉一下網繩，其他的我自己來。」說著，矮仔莊朝曹善賢露出善意笑容。

林桑轉問監工：「可以嗎？」

「我信任你，你肯幫忙，我當然就放心了。那我先回公司去了。」說著，監工探身，在滿是土灰的辦公桌上，拿起安全帽戴上，轉身走出工地外。

送走監工，矮仔莊先向林桑道謝，再轉向曹善賢：

「小兄弟，拜託你了，你貴姓呀？」

「曹操的曹，曹善賢。」

「喔，曹操的後代子孫？看來是個……」

林桑上前，拍一下他背脊：「不要廢話，有助手就趕快忙去吧，不然監工再回來會罵人的。」

「是、是，多謝林桑。」

兩個人正要走，林桑喊住他們，從角落臨時搭的木板牆上，拿下兩頂安全帽，交給他們。曹善賢接過來，矮仔莊卻拒絕了，碎碎念說，不到一小時的工作，他不需要戴安全帽，他也不喜歡……云云。

林桑說了幾句，工地本來就需要戴安全帽，希望他戴。

矮仔莊回身，指指自己的頭，半開玩笑地說：

「沒看我這小了一號的頭嗎？我戴上去就看不到路了反而危險。」

林桑和曹善賢都笑了，林桑特別挑了一頂最小號的遞給他，堅持他要戴，畢竟這是工作時的必備品。

❖

原本以為幫忙拉一下網繩，超簡單的，矮仔莊不是這麼說嗎？

曹善賢跟著他往工地裡面走，看到他扛著一大綑的粗網繩。曹善賢想幫忙，哪知道矮子莊搖頭謝絕，安全帽隨著搖晃而偏歪，果然遮住了他的眼睛。

曹善賢忙伸手，替他把安全帽扶正。

「我猜你沒做過這工作吧？」矮仔莊道過謝，說：「待會你就知道了。」

果然，矮仔莊沿著樓梯往上爬……粗胚樓梯只有泥沙土，沒有扶手，沒有任何設備，爬了七、八樓，曹善賢氣喘吁吁，腳步開始趨緩：

「莊先生，我們要到幾樓？」

矮仔莊臉不紅、氣不喘：「二十樓。」

曹善賢吐著舌頭，現在還爬不到一半哩，嘖了一聲，喘著氣問：

「你都不累嗎？看你腳力蠻好，還背著一大綑……呼……網、網繩。」

「習慣就好，我們這工作，就是常要爬高。走慢一點，不能貪快，少講話。這是要領。」

曹善賢果然不再多話，照著矮仔莊說的要領，慢慢爬。可是，二十樓畢竟是個大挑戰，當爬到頂樓時，他已經上氣不接下氣了。

跟著矮仔莊轉兩個彎，來到電梯預定地旁，他開口說：

「累的話，休息一下。」

他聲音不高，但因為電梯預定地是空洞，聲波上、下傳導的迴音，讓曹善賢心口一震，忽然沒來由的興起一股寒顫感。

接著，矮仔莊熟練的放下網繩，由腰部繫著的工具袋，拿出器械、鉤釘、鐵鎚……準備事前的工作。

曹善賢好奇的走到邊邊，往下看……好高哦，底層變得狹窄而深幽，忍不住倒抽口寒氣，腦中忽然興起一個念頭：

——天呀，如果摔下去，怎麼得了？

他是土水小工，工作向來只是副手，幫忙攪拌泥沙、抹水泥，配合師傅貼磁磚之類，雖也做過高樓層的土水工，但爬二十層樓高，親眼目睹這樣的高度，今天是第一遭吶。

「喂！別靠這麼近，危險咧。」

矮仔莊突然發聲，讓曹善賢嚇一跳，連忙退回。想幫忙，又無從下手，矮仔莊叫他繞過旁邊，待會聽他的指令，再幫忙拉網繩。曹善賢依言，繞到電梯洞口的左邊待命。

「呼——」曹善賢聞聲，轉頭回望……是樓層高，風勢強，才會聽到風聲嗎？可是，剛剛完全沒聽到咧？或是自己沒注意？

曹善賢又轉回頭，看到側邊的矮仔莊捏著鉤釘鐵鎚、一面抖開網繩……忽然，曹善賢耳際聽到淡微、似有若無的呼聲：

——呼，阿……阿賢……阿……賢……

這風聲很怪異，怎麼會有熟悉的感覺？

潛意識認為是風聲，曹善賢還是忍不著轉回頭。

電梯洞口的這一面往後看，是一道長廊。此刻是大白天，長廊應該是明亮的，但此刻的長廊看起來，居然是陰陰幽幽的。曹善賢很快轉回頭來。

矮仔莊站在電梯預定處洞口邊邊，抖開網繩，找不到頭尾。因為一大團糾結著，矮仔莊努力在找網繩繩頭，卻愈纏愈亂。

——呼，阿……阿賢……阿……賢……

熟悉的怪異風聲再次傳過來，而且比剛剛更清晰了。長廊的陰幽感，讓曹善賢不想回頭。可是風聲偏偏又這麼響，簡直讓曹善賢有如刺芒在背之感。曹善賢眼尾閃了一下，終究忍不住回頭望向長廊。噫！就在陰鬱的長廊盡頭，轉角處有一小塊衣角，乍然閃過去。

曹善賢整個人愣了幾秒。沒錯，他看的一清二楚，青底碎花棉布的衣角色系，他很熟、很熟……

曹善賢忘形的奔向長廊盡頭，再轉過轉角，呃？空的，沒有半個人影？

在此同時，身後忽傳來淒厲、迴旋的慘嗥聲，經過短暫的二十秒左右，接著發出一聲「碰！」

曹善賢急忙往後跑，跑到電梯洞口處，沒看到矮仔莊、也沒看到網繩，他杵在電梯洞口邊，四下張望，喊了幾聲：「莊先生、莊先生……」

不曉得是什麼狀況，只是他一顆心，嚴重的忐忑不安。接著，底層傳來淒厲慘吼聲：「哇啊——」

忐忑不安的心，彷彿一下子被震碎了。曹善賢慌措地醒悟過來，他往後退一步，整個人趴在電梯洞口往下望……

赫！下面四樓的電梯邊緣，露出一張人臉。往上盯，對上了曹善賢的眼睛，他看出來，那張臉是林桑；最底的底層是一堆網繩，網繩糾結、纏繞得亂七八糟，就一團黑忽忽，太高了，根本看不清楚。

林桑向曹善賢不斷的揮手，曹善賢還是呆愣著……懵懂間，手機響了……曹善賢茫然爬起來，退到安全處，從褲袋掏出手機。

林桑聲音惶急的大喊，問他怎回事？網繩怎麼掉下來了？矮子莊呢？

曹善賢回他不知道，沒看到莊先生。一面說，他還一面四下張望，這時，風聲又呼號地響起來。

按掉手機開關，曹善賢照林桑指示，整幢大樓繞了一圈，都找不到矮仔莊。空曠的頂層，都沒有人，讓他興起陰森之感。就在這時，手機又響，是林桑，他叫曹善賢趕快下去。

「我找不到莊先生。」曹善賢道：「要不要跟他說一聲？要叫他也下去嗎？」

頓了好幾秒，林桑聲音慘澹的說：

「我剛剛……下樓去，看到他被網繩纏繞住，摔下來……」

聽了林桑的話，曹善賢腦袋有如被敲了一記重擊，腳底的顫慄往上竄昇，渾身痠軟無力，怎麼走到底層，花了多少時間，他已完全忘記。

唯有一個印象，方才聽到呼喚聲，他忍不住回頭望向長廊時，眼尾曾一閃的當下，依稀看到網繩朝電梯洞口溜下去……

❖

調查結果，說工人靠電梯洞口太近，在拉網繩時被絆到，在掙扎時，網繩往下掉，將工人一起扯下去。工人摔得面目全非，纏住他的粗網繩，往下掉時，重力加上速度，將工人身體切割成碎片，皮、毛髮、血、肉片橫飛，整團身軀都模糊的緊黏貼在網繩上，慘不忍睹。

這起工安意外，在媒體社會版只佔了一小篇幅，但在曹善賢心中，卻是個超大的漣漪。當時頂樓只有他兩人，曹善賢也被召去詢問過幾次。每次詢問，他每次都身心俱疲，因為腦海裡，總會再度浮起當時的情形。

一個活生生的人，不到三分鐘，竟然變成一堆模糊血肉。之前爬樓梯，他還跟自己有說有笑、還教他爬樓的要領，矮仔莊搞笑的言行、舉止，深深刻在曹善賢腦海中。

他想，如果不要繞到左邊去；如果不要跑去電梯長廊，是否可以救他？這份深深的自責，讓他連連做噩夢、夜夜不得安寧。不過，他心中異常清楚，若非奶奶把他引開，他會過去幫忙。但是，粗重網繩的拖拉，很可能會讓他跟著掉下去。

❖

休息了好一陣子，曹善賢還是無法恢復，每天精神不濟，只能懶散的臥床發呆。

林桑知道他單身一個，無家、無親人，因此幾乎每天撥一通電話過來。不過，工作不能不繼續呀。有一天，林桑下工後來找曹善賢，還帶了一份豐富的晚餐。

這讓曹善賢既意外、又不安。不過，他就是無法說出奶奶曾出現，救下他的命。

「我看你身體還好嘛，怎樣，休息夠了就來上工。你知道，最近很忙吶。」真的，林桑沒辦法找臨時工，必須靠曹善賢當助手。

曹善賢點頭，很不好意思的一直道歉。

「我知道你受到很大的驚嚇，不過，你要知道，這不是你的錯，你只是去幫忙，誰都不願意出意外，但有時候總會不小心。別放在心上！」

曹善賢看林桑一眼，低頭不語。

林桑看看他窩居的小房間，拍拍他肩膀，說：

「窩在這個小空間，太久了會鬱悶哦，或許來上工你會好一點兒。」

曹善賢點頭，答應明天準時去上工，林桑又勸慰了好一會，才離去。

❖

啃著雞腿的曹善賢，眼眶透紅，同時，把淚水一併吞進肚子內。

自從奶奶過去後，從來沒人關心過他。

小六的暑假，偷偷探望過媽媽，從此曹善賢從天堂掉進地獄。獲悉真相後，他足足哭了一個禮拜，差點不想活了。

之後，他才明白為什麼要偷偷探望媽媽。為何奶奶態度那麼艱澀，原來媽媽未婚生子，把他丟給奶奶，自己另嫁他人，還誕下一男、一女。

奶奶去世那陣子，他哀傷、孤獨、無助，曾想過去找媽媽，他以為該讓媽媽來見奶奶最後一面，小小的希望，鼓起他無窮的想像。數度猶豫，數次按開手機按鍵，又數度放棄。

直到最後一次，他終於撥打媽媽家裡的電話。

電話彼端，傳來男人聲音粗濁聲浪：「找誰？」

曹善賢喉頭驀然哽住，說不出話。對方喂了幾聲，他聽到一個女聲問誰打來的？男聲憤然說，不知道，可能是詐騙吧，常聽到有詐騙電話。

說著、說著，電話被掛斷了。

❖

次日，雖然有東北季風，天氣陰鬱而颳風，可是一大早，曹善賢準備就緒，吃過早餐，養足精神，騎著機車，輕鬆地往工地而去。

林桑和另一位土水陳師傅跟監工，三個人在工地一樓用早餐。看到曹善賢，監工也很高興，頻頻慰問他，還說林桑天天叨唸，說曹善賢再不來，他可能沒辦法做下去了。

另一位土水陳師傅，以前曹善賢共事過，個性爽直，很好相處。大夥說說笑笑，減輕不少曹善賢的陰鬱心情。

用完早餐，監工得去公司報到，先離開。等林桑和陳師傅吃飽，曹善賢跟著他倆走，樓梯在後面，經過電梯預定處，曹善賢忍不住轉頭瞄一眼。那天，恐怖的那一幕，再度侵襲他的腦袋。

「阿賢！」林桑猛然喊道：「還不快點過來。」

全身一震，曹善賢拍拍自己腦袋，急忙趕過去，跟著上樓。

林桑負責的四樓，因為請陳師父來幫忙，進度快了很多。可是樓層面相當廣，大約只做了三分之一。

三個人準備好正要開始時，林桑不知想到什麼，啊了一聲。另外兩人轉頭看他，他向陳師傅道：「耶？我的工具箱呢？我……好像沒帶回去。」

「對呀，你昨天不是上樓修補牆角？」陳師傅點頭：「下樓在這裡時，我還問你的工具箱呢？你說，你要去阿賢家，工具箱先放在樓上。」

林桑拍拍頭，笑了：「呀！對了。唉，上了年紀，有時會有點失憶。」

曹善賢接口：「你還年輕，哪可能失憶？我奶奶七十多，才有失憶的現象。」

林桑轉向曹善賢，搖頭嘆道：「唉唷，老了就是老了。阿賢，你上樓幫我拿工具箱下來。」

「喔，好。」曹善賢立刻轉向樓梯方向，這原本就是他的工作。走了兩步，忽然頓住腳：「林桑，哪一層樓？」

林桑歪著頭，想了一會兒，說道：「耶……不是六樓，就是七樓。」

畢竟是年輕人，曹善賢動作敏捷的轉身走向後段，登上樓梯。一種空寂感，驀地由四面八方攏聚過來……

加上樓層高，東北季風比較明顯，耳朵接受到呼呼的風聲，正一點、一滴的削減掉曹善賢今早好不容易養足了的精神。

尤其眼前熟悉的灰暗色粗糙樓梯板，更讓曹善賢回憶起那一天，也是這樣，一級、一級往上爬，那時候跟矮仔莊談話，什麼都沒想，爬的累，心情也還好，意外發生後，就什麼都不好了。

思緒才轉到這裡，曹善賢心口乍然一驚！

理智告訴他，矮仔莊死了，摔死了，由頂層摔下來，死了。

要死，剛剛沒注意，到底爬到第幾層了？

他停住腳，把頭探向樓梯空隙，往上望、又往下看，想看看到底爬到哪層樓！照說，一般工地會在樓梯轉彎的牆壁上，作出樓層標記，可是，怎麼都沒看到標記？

❖

——來呀，快上來，就快到了。你可以的，可以爬上來，我在等你呀。

一股聲浪，操控著曹善賢，也讓他腦筋迷糊了。雖然探頭看樓層，他竟然忘記，探頭要幹嘛。同時，因聽到聲音再次往上望，看到一隻手就在上面樓層間隙，不斷的向他招手……

他更迷惑了，正要往上，忽然身軀歪了一下，差點跌入樓梯間隙。好在年輕手腳麻利，他連忙退靠到牆壁這一邊的樓層，繼續往上走。

曹善賢完全不覺得乏累，只有一股意念，繼續往上就對了。風聲時無時續，但也愈來愈強勁。

走完樓梯，踏上樓層地板，曹善賢往前走幾步，環視著。他只記得林桑說，工具箱放在樓層前面的右角落。

於是，他往前直走，繞過兩個彎道時他忽然停住腳，前面是電梯預定處的洞口，洞口旁，站了個人！

這個人身材矮小，一頂過大的安全帽蓋住他一大半的臉。它舉起手，向曹善賢招了招……雖然看不到他的臉，但曹善賢一眼就認出來，他是矮仔莊！

曹善賢整個人、整張臉，全都縮皺起來，他不進反退，但只能緩慢的退半步……

——別走啦，你是我的麻吉，趕快……過來啦！

說著，矮仔莊伸手，向曹善賢招喚著。曹善賢的胸腔，劇烈起伏，腦裡知道要快跑，只是兩腳有如掛上千斤重鐵錘，分毫移動不得。

——哪裡都別想去，既然來了，快點來，來幫忙，呵呵……

曹善賢汗如雨下，額頭、脖子，以至於全身都溼透了。他拼命抗拒，矮仔莊在眨眼間，突然幻化靠過來。曹善賢慘嗥一聲，同時也喚醒了他自己，他轉身就跑，跑過一個彎、再一個彎道，忽然看到，彎道前方又是電梯洞口！

——為什麼，死的是我？你沒死？

右肩膀下的上臂，忽襲來一陣寒風，曹善賢吃了一驚，轉頭望去，矮仔莊就站在他身旁，一樣向著正前方的電梯洞口。

曹善賢往左跳開一大步，結結巴巴：

「不要找我，是你，你自己掉下去，不是我。」

——你、是你跑掉，害我掉下去，我不甘、不甘心。

曹善賢猛搖頭，忽然發現自己身不由已的，被直直的推向前。他手腳並用的掙扎著，明明沒有人抓他、碰他，卻被一股強力拉扯向前推。他把重力放在腳跟上，又蹲下身，企圖穩定住自己身軀，無奈都無效。

被推著、掙扎間，曹善賢變成躺在地上。然而，身軀依然被往前推送。直到電梯洞口前，曹善賢兩手緊抓住洞口邊緣，還被逼往下看。

與底層相距那麼遠，望下去，洞口狹窄而深幽，感受到身軀被持續向前推，曹善賢忍不住揚聲呼救！

呼救聲響徹洞口，引起驚駭迴響，緊接著矮仔莊一個迴轉，由樓層地上往下一躍，曹善賢以為它跳下去，對自己不構成威脅了。他鬆了口氣，兩手鬆開，就在這時，他鬆開的雙手，忽感到一陣寒冰入手，睜眼望去，哇呀！

兩隻血肉斑剝得只剩下骨頭，骨頭上布滿綠色血管、赭紅色碎肉片，以及沾黏著或白、或黑、或褐、或墨綠，好幾種顏色的人皮的手，緊緊抓扣著他雙手，猛烈的要把曹善賢拉下去！

事實上，營造商幾天前，緊急請人在下面幾個樓層間，架上了安全網，頂層是工安意外點，被黃色封鎖線圍住。

只是被鬼迷了的曹善賢，看不到安全網，他眼中看到的是，無數多個的網間空隙，以及恐怖、噁心的鬼手。

周遭強勁的東北季風的呼號聲，和曹善賢的呼救聲，互相交叉，以至於他的求救聲被掩蓋了：

「救、救命……哇——我不要死，救命啊。」

一面呼喊著，曹善賢整個人幾乎被拖拉了一半。腰部以上，懸空掛在洞口邊緣，

——跟……我……做……作伴……

矮仔莊突兀的冒上來，殘破的血水橫流在鬼臉孔，根本分出眉毛、眼睛、

鼻孔，它扭曲的嘴，已經沒有了嘴皮，只剩下歪曲的、掉了好幾根的森森白牙。忽地一顫，鬼手再一用勁，曹善賢馬上感受到兩手，被更緊地往下拉扯。

曹善賢心想：完了！

念頭才轉到這裡，曹善賢的腰際離開洞口邊緣，重心朝前整個往下掉！

正在危急之際，曹善賢雙腳被一股力量扣住，反向拉扯著，硬是把他給拉回樓層地板。

曹善賢心口一鬆，一口氣尚未呼出，雙手又被往下拉。就這樣，他一會兒上、一會兒下的被拉扯著。

就像是兩股力量，以他為中心交互在拔河。好一會兒，他雙手頓地被鬆開，整個人被腳那方，給拉扯上樓層地板，他連忙縮回兩手，吃力的把自己撐起，後退、終於離開危險的電梯洞口。

等他困難的站起身之際，轉眼看到陰暗角落處，模糊中，一矮、一瘦兩道影子對峙著。

它們在交談？

曹善賢當然聽不懂鬼話，只聽到兩個嘰嘰啾啾的鬼聲，一個是矮仔莊；

一個是蒼勁老聲。

曹善賢凝眼望去，幾次辨識，看到略高瘦的影子衣角，赫然是青底碎花棉布。原來，剛才拉扯他腳板的是奶奶，奶奶又救了他！

是這樣嗎？曹善賢不懂了。只是他覺得好冷、好冷，陰寒之氣，和著東北季風呼嚎、飛旋著。兩道鬼影在他氾濫的淚水中，一閃、一滅。

「善賢！阿賢！你沒事吧？」

一個聲浪猛地響起，還配著喘吁吁的粗重呼吸聲。曹善賢轉頭望去，是林桑，他後面跟著陳師傅，也是喘著大氣：「我的天，阿賢，林桑不是說在七樓或六樓嗎？你怎麼爬到頂樓來了？」

「我……」

曹善賢轉頭望向角落，兩道鬼影已消失不見，風聲倏地降低許多分貝，整層樓也一下子明亮起來。

不管林桑、陳師傅信不信曹善賢的際遇，不過想到他無端端又跑上頂樓，就讓林桑感覺有怪異，他要求監工買些祭品在工地祭拜一下，然後他建議曹善賢就近到廟裡上香，求個平安符隨身攜帶著。

第二章

祭陰

筆者的一位同學，駭怕多年，筆者想盡各種方法挖掘，梁政昱終於點頭，透露他這段驚恐的際遇。

梁政昱家住基隆，畢業後第一份工作在台北，為了方便，在台北租屋。那是一棟雙併式四層樓公寓，有三個房間，客廳、廚浴共用。除了梁政昱，還有兩位房客，分別是學生兼打工的王賢聰同學，另一位蕭志民，在一家公司當業務。

王賢聰同學很忙，不管平時、假日都難得見上一面。

蕭志民給人的印象是話少、陰鬱，不太搭理人，下了班就躲在房間裡，沒人知道他都忙些什麼。

房間寬敞，價格還好，而且三位房客各忙各的完全不互干擾，梁政昱感覺住起來安寧、舒適。然而，這樣的舒適感，卻維持不久……

他房間格局很普通，進入房門，面前是一扇窗，窗口下一張小桌子；左轉中央一道窄通道，隔成左右兩邊，左邊衣櫥；右邊床鋪，各緊靠著牆壁。

搬進來一個月後的一天晚上，睡到一半因口渴，下床走過窄通道到床尾的小桌，倒杯水喝。

喝完轉身時，忽然聽見嗚咽聲，很微細、微細到不注意的話肯定不會聽到。他轉身凝望著房門，這時嗚咽聲由細而小，小到消失……

聽來像小孩的哭聲，可是這裡沒有小孩啊。梁政昱偏歪頭，反正聲音都消失，他沒想及其他，回到床上倒頭入睡。

隔了一個禮拜，同樣感到口渴，梁政昱起床找水喝，居然又聽到這縷微細嗚咽聲。這次聲音略高且清楚，站在房門前，梁政昱感受到聲音從他房門前由右而左的移過去。

又隔了一個禮拜，睡到半夜再度聽到嗚咽聲，而且比之前兩次聲量又提高了些。他興起開門一探究竟之念，不過聲音很快往左移消失。

他只好打消念頭回到床上，竟還小小的失眠。因失眠讓他計量著，今天是第三次聽到嗚咽聲，每次恰巧都適逢周三，有可能是室友遇到不如意事、或想家、或公司不順、或……心情沮喪所以半夜睡不著，引發傷心而哭吧。

也不對啊！室友都是成年大男生，不太可能會因小事而傷心哭泣。還有，聲音不像是蕭志民；更不像陽剛型的同學王賢聰呀。難道是自己耳背聽錯？呀，有了，梁政昱想出了個方法。嗯，這個方法不錯，想到這裡，他翻了個身，安穩入睡。

❖

第二天，梁政昱晚餐回來，早早洗完澡，在客廳滑手機等待著。他時不時的注意時間，九點多蕭志民才打開大門進來。

他向來少話又陰鬱，看也不看梁政昱，筆直往自己房間而去。

看他走到一半了，梁政昱不得不發聲：

「嗨，回來了？」

蕭志民隨意點個頭，腳下不停。梁政昱連忙急著起身，走上前：

「想請問你喔……」

蕭志民停腳，轉望著梁政昱。梁政昱發現他臉色是暗灰色，似乎精神不濟狀。

「就是……半夜你有聽到什麼奇怪的聲音嗎？」

蕭志民臉孔微微一變，搖頭：「沒有。」

「呃，是喔。奇怪，睡到半夜，偶而會傳來像是哭聲的聲音……」

蕭志民用力搖頭，截斷他的話，口吻急促：

「沒有！不可能。我租住在這裡快兩年了，從沒聽過有什麼聲音。」說完，蕭志民很快進入自己房間。

張著口的梁政昱愣怔的發著呆，考慮著要不要追上去敲開他房門再問清楚……不過還是作罷，回原位繼續滑手機。

隔了好一會兒，蕭志民又出來。梁政昱轉眼望去，他手上抱著衣服，看也沒看他就筆直往屋後的浴室走去。

他的舉止很奇怪，似乎藏有什麼祕密……

時間一分一秒過去，梁政昱不斷打哈欠的要等另一位室友。

十一點，王賢聰終於回來。看到客廳的梁政昱，微露驚訝表情，點頭：「還沒睡？」

梁政昱打個招呼，寒暄著：「你都這麼晚回來喔？」

王賢聰露出燦笑：「我今天晚班，比較晚回來。」

「你明天上課，爬得起來？」

「明天早上沒有課。」

「真是辛苦了。」

「沒辦法，我同學也是這樣，自己賺學費都很辛苦。」王賢聰聳聳肩：「你還不睡呀？」

「等你，想請問你個問題。」

王賢聰點頭，落坐到他面前。

「你半夜有聽過什麼怪聲音嗎？」

王賢聰先是一愣，繼而皺起濃眉，接著搖頭：

「我幾乎每天都很忙，一躺上床立刻呼呼大睡，再大的雷聲也吵不醒我。」

說著，王賢聰嘿然笑著，笑完還打個大哈欠。

❖

打開大門，客廳又是一片陰幽。想當然爾，一個月以來，下了班都是他第一個回到家，就喜歡這種安寧。不過，今天又是周三。

梁政昱按亮開關，燈光霎時大亮，驅走不少幽寂感。關上大門，特意往廚房、浴廁繞一遍，確定只有自己一個人，再轉進自己房間，一面卸下公事包、外套，一面跌入深深的思緒中。

王賢聽說從大一，就租住在這裡，每逢寒暑假，同學都會退房回家去，但為了工作，寒暑假他還是住在這裡，只有農曆年會回家幾天。現在升大三，也住了三年，他保證說房子沒問題，也許是鄰居傳來的聲音。

拿了乾淨衣物，洗完澡，燒開一壺熱水，梁政昱提進房間，泡一壺咖啡，關妥房門，坐在窗口前小桌子，一面品啜一面拿起看了一半的翻譯小說，這是英國女作家：維多利亞·荷特的作品——魔鬼騎士。

忽然客廳傳來一陣悉簌聲，梁政昱放下書，細細回想，剛剛有人回來嗎？好像沒聽到大門打開的聲音；難道室友沒出門，一直待在自己房內？

這時，悉簌聲在客廳持續了約三分鐘，挪移到梁政昱房門口，乍然停頓住。

梁政昱回頭，凝望房門，心中似乎在期待房門會被敲響，但好一會兒了都沒動靜。悉簌聲再響，一路往廚房……

很肯定，絕沒聽錯！深吸一口氣，梁政昱起身打開房門，陰黯客廳襲來一股冷颼颼氣息，往廚房而去，那麼明顯又清晰的聲音，到底是誰？

廚房、廁所都是空的沒人，梁政昱退出來，客廳更暗晦。他猶豫一會兒，繼續朝另兩位室友的房間，檢查房門……全都上了鎖。兩位室友，一個住了快兩年；一個住三年，都沒事，只有他搬進來才有聲音，所以，是怎樣？問題在他？

怎麼可能！梁政昱用力一搖頭，退回自己房間，用力鎖上門想繼續看書，但是已經了無閒情。

闔上書，關了燈，他再次檢查房門，上床，矇上薄被，思緒紛飛……明天要不要去看耳鼻喉科？

梁政昱以為自己入睡了但其實睡得迷糊，他依稀聽到室友陸續進屋、忙進忙出的聲音。可能是咖啡的作用，不知道過了多久，忽然感到喉嚨很乾。睜開眼，他看到小鬧鐘指著兩點半。

下床喝了一大杯水，就在這時，陣陣微細的嗚咽聲傳來，跟上次聽到一樣的聲音。睡蟲一下子都跑光了，放下杯子，梁政昱傾聽一會兒……是鄰居，還是小孩子哭聲？好像都不是，而且聲音很近，簡直就近在客廳哩。

為了證明，他先關掉房間的燈光，悄悄靠近房門，聲音還在，他突猛地打開房門……

聲音依然持續，他循聲望向客廳，發現背向他這面的單人沙發上，有一顆後腦勺冒出一半，而且是長頭髮……這不是那兩位室友，他們倆都是短髮。

難道是室友的朋友？他輕輕搖頭否定，房東說過不准帶朋友同住。

不管怎樣，這會兒，他可以證明了他沒錯，這屋子除了三位房客外，真的還有其他人！

不想打草驚蛇，梁政昱沒有出聲，躡手躡足正要往前踏出……

忽然，嗚咽聲停止，沙發上那人站起來，導致他被嚇一跳，收回腳立定著，這時，那人旋過側身，筆直飄向其中一間房間……

這會兒，梁政昱頭暈暈地，腦袋有些迷糊。眼睛只看到那人停在房門口好一會兒，然後轉身飄向另一間房間，也是一樣停在房門口。

梁政昱看到那人的側面，是很陌生的側臉。兩人杵立了好久，那人突然旋身面向梁政昱……是個女的，長髮披肩垂直，額頭上的眉心有一顆黑痣，相當明顯。

妳是誰？找誰？怎麼進來的？

梁政昱心中不斷冒起一個又一個的問號，只是他完全沒出聲也沒張嘴。

緊接著，女人筆直飄過來，梁政昱知道該閃，甚至想到要喊醒室友，可是想歸想，兩條腿卻像被釘死在地上，無法移動分毫。

女人伸長雙手往他飄過來時，發生了巨大的變化，她渾身暴噴出血水，橫流的血水，將她的臉、整條裸露、鯊魚白的手臂，切割成條狀痕跡，連身軀、下肢都噴得血淋淋，讓人怵目驚心。

暴噴的血水，濺得梁政昱滿頭、滿身，他奮力掙扎、扭動，女人依舊飄過來，她衣裙整個膨脹開，朝他覆蓋而來。

心裡又驚又駭異，他嘴巴張得好大、好大，但卻喊不出聲，耳朵聽得清楚，是自己喉嚨發出的「咿咿——唔呃——咕嚕。」怪聲。

❖

「喂！怎麼睡在地上啦？」

「是夢魘，他夢魘，以前我聽長輩說過。」

「好像叫不醒，怎麼辦？」

「看我的。」

連串的對話聲音在耳際響起，一盆水把梁政昱給潑醒過來。他睜眼看到天色大亮，他的房門大開，自己則躺在房門口地上。

「……我怎麼了？」

兩位室友上下打量他，問他感覺如何？哪裡不舒服？要不要去看醫生。

梁政昱搖頭，搖掉髮上、睡衣上的水珠：「沒事，沒事，我怎麼了？」

據王賢聰說，一大早他聽到外面有響聲，開門看到梁政昱躺在打開的房門口地上，發出一連串怪聲。叫不醒梁政昱又不曉得該怎辦，就去敲蕭志民房門，蕭志民後來端一盆水把梁政昱潑醒。

既然梁政昱沒事，眼看上班、上課時間快到了，三個人各自忙去了。

什麼是夢魘？趁上班空檔，梁政昱上網查Google。

『人體大腦顳葉的杏仁核（amygdala）腦區，屬於神經系統所控制，乃控制恐懼反應的中樞神經，會調控不同的下游腦區，產生出合適的反應，例如害怕、儲存……等反應。夢魘也是一種反應，即在夢中受到驚恐，嚴重的還可能產生夢遊。』

除了Google，另有網友依據經驗留言說，因為喜歡看鬼故事、靈異故事，所以留在心裡的恐懼會在入睡時帶入夢裡，夢中受到驚駭想逃跑，就變成夢遊了。

梁政昱自忖，不愛看鬼故事，也沒受到靈異影響，不可能把恐懼帶入夢裡。接著細想昨夜是作夢嗎？可是很逼真哩，夢境裡的女鬼，臉孔很清楚。他不記得曾經看過這張臉，怎麼會夢見呢？對！一定是房子有問題！

午休得空，他打電話給房東，細敘起昨夜之事。房東聽了，居然呵呵大笑……

「我屋子出租有一段時間了，也不只租給你一位。如果你認為屋子有問題可以解約，還有很多人等著租我的房子喔。」

房東說的沒錯：屋子不錯，租金公道，如果另找租屋，未必能找到這樣的房子了。

掛斷電話，梁政昱發了一會兒呆，同事喊他，他才發現午休時間過了。

既然這樣，只好繼續過下去。但他定了一個原則：半夜鎖緊房門，別出去。

❖

他還是常聽到窸窣聲遊走在屋內，他很不解，難道另兩位室友都沒聽到？因此，他開始留意兩位室友的狀況。

他發現向來不搭理人的蕭志民，更不多話、更陰鬱，臉色呈青白色，好像生病了的樣子。有時偶而碰面了，梁政昱會關心的問他，身體不舒服嗎？蕭志民都面無表情冷冷地搖頭後，迅速進入房內關上門。

這引發梁政昱高度疑惑，難道他有問題？

周三晚上，梁政昱又失眠睡不著，他清楚聽到兩位室友先後下班回家，各自到廚房、浴室忙碌。

他抓過鬧鐘一看，快十二點了，思緒開始在他腦海中運轉……

下床，關上燈，把房門輕開一道隙縫，這樣聽得比較清楚。不久，同學王賢聰忙完了，進入房間上鎖。

梁政昱偷偷將房門再打開一些，看到蕭志民的房間門是闔上了，可是屋後傳來沖水聲音，可見他還在洗澡。

耶？何不趁這時，偷看一下蕭志民的房間？想到此，立刻展開行動，他打開門，閃出房間，正要踏出去……

「喀！」屋後傳來浴室被打開聲響。梁政昱吃一驚，急忙縮回，並把房門輕輕掩上，但依舊開著一道隙縫。

一會兒，蕭志民走出來，他沒回房間反坐在客廳。

他在幹嘛？梁政昱由門縫偷望，看到他頭髮打濕，拿著毛巾一面擦頭、一面俯頭在看桌几上的報紙，就很平常的狀況而已。

對自己的行為，梁政昱突然升起一股厭惡感。自己好像偷窺狂，而且偷窺對象還是個大男人，這很詭異，不是嗎？

撇著嘴角，算了！梁政昱打算停止窺視，正要關上房門時，客廳上的燈光突然一暗又亮，但燈光很明顯黯淡，整個客廳陰幽幽……

一縷淡影徐徐飄出，飄到蕭志民沙發後。梁政昱瞪圓雙眼，透過淡影他看到蕭志民抬頭看一眼燈，接著起身按掉客廳的燈走回他的房間。

窗外的街燈，使黑暗的客廳微亮，也讓梁政昱看清楚，淡影緊跟著蕭志民，那樣子就像淡影服貼在他背部，快到房間門口，淡影突兀的轉頭，對上了梁政昱雙眼。

是張女人臉孔，長髮垂直披肩，額頭上眉心，明顯有一顆黑痣，說她陌生——梁政昱並不認識她；但也不陌生，因為在夢魘裡，他見過她……

❖

「你有女朋友吧？」

故意裝出活潑、輕快語調，但是梁政昱很清楚，說話時他嘴角在抽蓄。

蕭志民眼光淡漠看他一眼，沒有回話，搖頭。

假日難得兩人會巧遇在家裡，剛好打工時間排滿了的王賢聰又不在，梁政昱緊緊抓住機會，準備跟蕭志民長談。

「說出來有什麼關係啦，我又不會搶你女朋友，呵呵……」

蕭志民沒有反應。梁政昱仔細研究他的臉，的確，他臉孔帶著青灰、黯淡，梁政昱繼續喇賽：

「你女朋友很漂亮耶，她……」

蕭志民皺著眉頭，打斷梁政昱的話：「你見鬼了。」

梁政昱心口『喀噔』多跳了一拍。楞怔一會兒，口吻更加小心了：

「呀，你的意思是說，你女朋友掛點了？所以，我見到的是鬼？」

只有這個猜測很合理，要真是這樣，說出來才能解決事情，不是嗎？

蕭志民青灰臉帶著不悅，看來有幾分猙獰：

「你到底在說什麼？我沒有女朋友，你在哪見到我女朋友！」

「呃呃，不是啦，我……」梁政昱支支吾吾，不敢說出上周三半夜所見。

話鋒一轉：「上回你說我是夢魘，對不對？」

聽他這話，蕭志民氣消了的點點頭。

「請問你，如果、如果說，」梁政昱頓頓，比手畫腳接口：「夢魘中的鬼跑到現實來，我該怎麼辦？」

思索一會兒，蕭志民也不知道該怎辦，他皺著眉心，頭一搖：

「沒聽過這種說法，不知道。」話罷，他起身往自己房間走。

梁政昱不肯放棄，站起來揚聲問：

「你不是聽過長輩提過『夢魘』嗎？我真的不知道該怎麼辦。」

走進房門口，蕭志民回頭道：「不然你去廟裡拜拜吧。」

聽到房門關上，又上了鎖，梁政昱徹底明白，沒戲唱了。

接著，梁政昱找個機會，拐彎抹角的探問王聰賢有沒有見過蕭志民的女友？王聰賢搖頭，說從來沒見過，也不知道他有女友，因為他回家的時間跟他不對盤。

這就很奇怪了，為什麼兩位室友都沒察覺屋裡多了一隻恐怖的女鬼？而這個問題不解決，受到困擾的好像只有他？

想到此，梁政昱無奈的喘口長氣，似乎剩下唯一的辦法：早早搬家。之後，他也不想再提這件事，反正有機會多注意租屋廣告就對了。

❖

這天，梁政昱加班到很晚，回到家已經十一點。他進房脫下外套、公事包準備去洗澡。走出房門，客廳沒開燈，昏暗中突然看到一道影子，遁入王賢聰房間，他房門半開著。

說『遁』一點都沒錯，影子無聲無息，速度蠻快的。梁政昱停腳，看到蕭志民房門早就關上了。所以，不是他去他房間？那，除了自己之外，屋裡還會有誰去找王賢聰？還是王賢聰剛回來？

梁政昱提腳，走到王賢聰房門探頭望望，裡面空無一人。這房間格局跟他一樣，擺設不同，偌大房間無法躲人，看不到人影。床頭隔著一道白色布簾，梁政昱張口，想喊王賢聰，詎料，白色布簾底下出現一雙腳，穿著深藍色奇怪的鞋子！

梁政昱差點失笑，鞋子樣式很像女子的包鞋。王賢聰在搞什麼？難道他有怪異僻好？

梁政昱走進去直抵床頭，一手揭開白色布簾。

狹窄的空間是一張小桌子，上面供著一張女子相片，左右兩旁各一根白色蠟燭，還有一對紙紮的金童玉女。中間一只小磁碟，碟裡一團物事，陰乾成烏黑色。

相片中的女子長髮披肩，額頭上眉心，明顯有一顆黑痣，梁政昱頓有熟悉之感，玉女腳上的深藍色包鞋，緊吸引住他的眼光。瞬間，他整個人呆愣得差點暈眩！

「砰！」好大聲響，敲破了梁政昱的心。他驚跳起來轉回頭，王賢聰當門而立，橫臉橫眼的怒瞪著梁政昱。

兩人對峙著大眼瞪小眼，好像過了幾世紀長。梁政昱囁嚅地動著嘴唇，卻說不出話；王賢聰擰眉，目露凶光，指著房外：「出去！」

梁政昱移動腳步欲往外走，立刻停腳，猛吸口氣，平衡受到過度驚駭的心：「我不是故意探人隱私，可是你可以解釋一下，這什麼狀況嗎？」

張大口，好一會兒，王賢聰壓抑住聲音：「那是我的事，跟你何干？」

「不干我的事，但你已經干擾到同住房客的安寧，我問過你幾次，你都不當一回事，如果房東知道你這情形，應該不會不聞不問，你想過會有什麼後果嗎？」

王賢聰眉頭鎖得更緊，無言。

「看在你是學生身分上，我不想追究，但至少你得說出來，你這作為是否會傷及房客？房客還不止我一位。」

❖

梁政昱沒料到自己口才何時變的這麼好？想不到王賢聰願意關上房門跟他談。

更意外的是，有問題的居然是個性開朗、活潑的王賢聰！

一個月前，也就是梁政昱剛搬進來時，王賢聰的女朋友發生車禍被送入醫院，昏迷指數只有三。

王賢聰非常擔心，一心寄望女友可以清醒過來，但過了幾天，女友絲毫沒有清醒的跡象。王賢聰從擔心轉成悲傷，他到處求神問卜，結果都是希望渺茫。

經由同學介紹，認識一位教國文通識的林教授，王賢聰私底下去找林教授深談。

林教授感受到王賢聰的滿腔傷慟，就教導他一個法子。每天早晚各祭拜一次，上香、以王賢聰的血祭祀、默禱，呼喚女友趕快回來。

祭拜了半個月時，王賢聰去醫院看到女友有好轉的跡象，他更專心祭拜。詎料，又過一周，醫生發現她有多重器官衰竭現象，眼前只是在拖延時間而已。

王賢聰一面要打工，一面得面對女友即將離去的事實，他的壓力可想而知。

林教授聽到這個消息，阻止王賢聰繼續祭拜。他曾告誡王賢聰，明知她將失去性命卻又意圖喚回，恐怕喚回來的不會是她本人。

一個多月後，他女友香消玉殞，但是王賢聰不死心，他認為精誠所至金石為開，他必須喚回女友，不管她變成什麼他都會接納她。

❖

梁政昱一再勸告，還是說不動王賢聰。後來蕭志民聽到此事，找個機會跟梁政昱談起此事。

原來，蕭志民半個多月前感冒去看醫生，吃了藥結果卻沒效。之後，他一直感到自己很虛弱，再去看醫生但也一樣找不出毛病。他甚至換了別間醫院，做了檢查，照X光、抽血，也都說他一切正常。

原本個性內向的蕭志民，因身體上不知名的毛病，讓他更消沉，更鬱悶，對任何事都提不起勁。

梁政昱回想，曾看到女鬼幽靈，緊跟在他身後進房去，便問他是否曾看過什麼？聽到什麼？或是夢見什麼？

蕭志民搖頭，完全沒感覺，就只是感到身體逐漸衰敗、病懨懨而已。

以梁政昱的看法，他在這裡住了將近兩年都相安無事，最近一個多月才發現身體不適，想必就是受到……

「所謂，事出必有因，有因必有果。你再想想看，最近這一個月以來，有什麼特別不一樣的地方？」

蕭志民認真想了想後，緩緩說：

「我想起來了，一個月前，我感冒發燒，就請假在家。我記得吃了藥在睡覺，大約是下午快三點，門鈴響了很久、很久，都把我吵醒了。我頭痛欲裂，昏沉沉的下床，去打開大門……」

梁政昱睜大眼，忙問：「結果呢？看到誰了？」

蕭志民皺緊眉心：「沒有，門外都沒有人。但是有一股涼風掃進來，我那當下感到很涼爽，好像退燒了。」

梁政昱呼了口氣：「虧你聽長輩說過許多事，連這個也不懂嗎？我是聽說一句：『鬼驚風』。」

「呀？那是？」

「小孩子被『鬼驚風』掃到，會生病、夜哭、發燒。如果是大人被『鬼驚風』掃到就會發生中邪現象。每次看你臉色都是青灰灰，沒有生氣一副病懨懨，就覺得你好像生病了。」

「鬼……鬼驚風呀？」蕭志民眉頭舒展：「你的意思是，我打開門時，那個女鬼進來就纏上我了？」

不敢講的話，終於讓蕭志民自己說出來，梁政昱無言的點頭。聽了梁政昱的建議，蕭志民找個空到廟裡求了一枚護身符，他的身體有漸漸改善，可是想到王賢聰房間裡還供著女友相片心裡就發毛。

為了勸導王賢聰停止祭拜他女友，梁政昱故意告知他，有關蕭志民的狀況，哪知道，聽到這消息，王賢聰反而大怒，說他誠心祭拜女友，女友應該找的人是他才對，怎麼可能去找不相關的人？

因此，王賢聰發下誓言，務必請林教授教他更有效的方法，還要更誠心的祭拜，不管怎樣就是要把女友喚回來。

看是勸不回王賢聰了，梁政昱和蕭志民只好另找房子趕快搬家為宜。至於王賢聰後續如何，搬走的梁政昱並不知道，只能祝他平安了。

毛骨悚然的
臺灣靈異
事件

第三章

救難員的經歷

隨著腳步往上愈爬愈高，天氣也發生劇烈變化，原本是一片晴朗的景觀，忽然變灰、變暗；風勢也由微轉強、轉劇；飄飄斜雨，漸漸轉大、轉強。

這是一支四男一女，五位學生組成的登山隊，趁著連假三天，早就排好登山計畫。除了領隊王其鋒，四位成員順序是詹明仁、胡婕、黃新瑞、郭守智。

「耶，奇怪，怎麼天氣說變就變？」

「隊呀，好怪的天候，明明就是好天氣，怎麼……」領隊的王其鋒，抬頭看一眼陰鬱、灰濛的天空。

黃新瑞跟著抬頭看天空，心中隱隱浮起不好的預感。

往上的山勢，愈來愈陡峭，風更強雨更大，山路崎嶇泥濘。胡婕滑了一跤，驚叫一聲，好在她走在中間，後面她的男友詹明仁及時扶住她。

「死了啦！我鞋子都是泥巴。」

她那句「死了啦！」一詞，讓黃新瑞心口多跳了一拍，這很不吉利喔。但旋即一想，既來之就安之，都已經爬到這麼高了。

一行人又走了一大段，天候愈來愈嚴峻、山路也愈難行。

走在最後面，落後許多的郭守智，因為風聲大，他扯開喉嚨叫：「其鋒！其鋒！」

領隊沒聽到，黃新瑞走在郭守智前面，他替他喊住領隊，前面三個人全都停腳。

一會兒，郭守智快步趕上，拉緊帽沿：

「嘿，我感到不對勁，要不要回頭下山？」

大夥相互對望著。這時，山風呼嘯著，吹得人都會搖晃了……胡婕笑呵呵地接口：

「不要，這是我第一次爬山，也是我跟明仁認識週年慶紀念日，對不對？明仁？」

詹明仁囁嚅著沒出聲，倒是郭守智揚聲道：

「你們下次也可以……」

「不行！半途而廢的話表示我們將來會分手。」

「唉唷，哪有這種說法，沒聽過。」郭守智道。

胡婕堅決反對下山，繼續嚷嚷，說這只是突發性的山風，再往上走也許風就停了。她的聲音夾雜在風中，聽起來很尖銳。

領隊不發一語，轉身繼續往上。哪知道，一個踉蹌差點往下摔，連忙攀住詹明仁。

大夥看了只得繼續跟著往山上走。持續了一個鐘頭，山風不但不見消彌，反而愈來愈強勁。黃新瑞覺得不對勁，他上前困難的扯開喉嚨問王其鋒：

「喂，領隊，你有看氣象嗎？我看這不像普通山風，是不是有颱風什麼的？」

一語點醒王其鋒，記得幾天前傍晚，氣象有播報過，說東南風方海面幾百公里外有個颱風形成，不過颱風方向未定，也許會往本島下方通過；也許會往上。

大家蹲躲到斜坡一塊巨石底，王琪峰掏出手機，點開來尋找。好一會兒，他抬起頭，臉色乍變。原來颱風突然停頓，接著往上走而且速度加快，正持續接近本島中。

五位同學反應不一，有建議立刻下山；有的若無其事，不感到害怕，畢竟年輕嘛。

王其峰拿出事先準備的資料瀏覽後，指著資料說：

「再往上不遠處，有一間避難山屋『成功堡』，我們就去那裡暫時安歇。如果往下走，肯定來不及躲開風雨。」

大家繼續往上走，跟愈來愈強勢的風雨頑抗。雖然非常艱困，也只能這樣了。

狂風暴雨襲擊之下，總算到達『成功堡』。

不過，他們配備不足又沒多帶衣物，當天胡婕、郭守智就發燒、身體不適。

雖然關緊簡陋的門，外面震天賈響的風雨讓他們見識到大自然的恐怖。

正要入睡，敲門聲響！

除了發燒昏睡的兩人外，三個人聽到了，都面面相覷。這麼強勁的風雨夜，外面真的有人嗎？

敲門聲持續，王其峰只好起身，打開門，赫！真的有五位山友，也想來避難。

王其峰很熱絡，但這幾位山友都不發一語，自顧低頭整理行李，窩擠在另一個角落。

又累又乏，一夜好睡，王其峰被風雨聲吵醒，一看腕錶指著五點多，他轉眼看角落，噫！是空的？

五位山友、行李什麼的雜物，全都不留痕跡，彷彿昨晚並沒有人來過。

王其峰彈跳起身，仔細檢查一遍。門鎖一樣緊扣住，裡面空間又不大，完全不見半個人！

他記得並沒聽到開門聲啊，而且這時候，外面的風雨聲還持續怒吼，那五位山友哪可能會出去？

王其峰打開門，外面依舊一片昏黑，颳進來的狂風，把黃新瑞冷醒過來，他看到王其峰要出去。但他睡意還濃，所以瞇眼問他要去哪？

「我去找人。」丟下這話，王其峰掩住門，走了出去。

真的太乏累，眼一閉，黃新瑞又入睡。

天色亮了卻陰森、暗晦，黃新瑞爬起來環視周遭，赫然發現，『成功堡』內只剩下他一個人……其他人呢？除了同行的四位隊友外，加上昨晚敲門的五位山友，應該有九個人呀。

轉眼看牆上，掛了一張幾年前罹難的五位照片，這五位正是昨晚敲門的那五位山友。黃新瑞打個哆嗦，急忙打開門，看到王其峰當門而立，瞬間他聲淚俱下，大喊：

「其峰，我找你找了好久呀！」

❖

「其峰！」

大聲喊著時，黃新瑞一唔而醒，一看，在自己床上。

多久了？噩夢——是他學生時發生的山難事件，一直困擾著他。

那一年，除了遇到靈異的五個山難者之外，黃新瑞登山隊的五個人，領隊王其峰失蹤，其他三個人都罹難，只剩下他一人獲救。此後，噩夢就困擾他多年。

他很自責，無法釐清到底是自己失誤？還是什麼原因造成山難事件？

那時如果叫住王其峰，阻止他出去；如果跟著他出去，也許他不會失蹤；如果……

諸多如果，都喚不回既定事實，畢業後進入社會這些年的時間，讓他逐漸恢復正常。不過他還是會想，這起山難應該可以避免，如果……唉唷，別想什麼如果了，往事追不回呀。

因為曾被人救回來，他很珍惜生命。能力所及也想幫助人，所以他加入救難隊。幾年下來，他覺得自己很充實，這就是人生的意義，他常這樣鼓勵自己。

遺忘許久的的舊事，忽然又出現在今早夢境，讓黃新瑞一整日恍恍惚惚。

午飯過後，忽然手機震動起來：

「喂，新瑞，沒出去。」是救難隊隊長洪信州：「出任務了。」

按掉手機，黃新瑞立刻扛起配備，穿戴整齊關上門出去了。

一多個小時後，救難隊車子抵達南橫公路旁。據報，正確地點在中之關健行古道上，車子無法進去，救難人員只能步行。

步道崎嶇不平，走到距離天池一點五公里，就看到一群人迎上前，七嘴八舌兼比手畫腳，敘述著事情發生經過……

這一段沒有護欄，婦人走到這裡時一腳踩空摔下去。洪信州靠近邊坡，往下目測，山谷下約有三十公尺深，不但陡峭，岩壁嶙峋尖銳，還充滿樹枝、枯葉、刺藤，難怪這群人無法下山谷營救。

洪信州尋個定點，架設繩索後，四位救難人員包括黃新瑞，艱險的攀繩而下。將近谷底前，岩壁、大小石塊、雜草都是血跡，順谷往下沾淌，直達婦人仰臥處，她身軀周遭更是怵目驚心的血跡。

只見婦人被雜草、尖銳岩石刮得遍體鱗傷，奄奄一息。

「林太太？有聽到聲音嗎？林太太。」救難人員呼喊著。

好一會兒，林太太傷痕累累的臉上，睜開一道眼縫，慘白的嘴唇，上下嚅動著，她微抬起左手，往旁輕輕一揮，旋即無力的下垂，虛弱地又閉上眼。

黃新瑞無意識地轉頭望去，是一塊巨石，斜插入山岩中。

未免二度受傷，救難員用長形帆布，把林太太小心包覆妥，綁緊在擔架上，兩位在前、兩位在後，艱辛萬難地把擔架扛上山崖。

這時天色暗了，山谷暗得更早，周遭一片昏懵，黃新瑞在擔架後面，快被雜草淹沒的山岩道路後方不時傳來聲響……

剛開始，黃新瑞一直以為是他們的腳拂過雜草發出來的聲音，但若是這樣，聲音應該在前面兩位隊員的腳下，或者在後面的他和隊員的腳步，但是他聽的非常清晰……聲音來自後面。

他後面明明沒有人啊，皺緊眉心，黃新瑞刻意轉回頭望。這時，聲音突兀的中斷了，身後一片空蕩蕩中，只見長、短不一的雜草因山風而搖曳。

要知道，空手爬山已經很累，況且又扛著人更吃力。偏偏山谷陡峭，又處處是嶙峋銳岩。另外，山谷足足有三十公尺，光是這段山徑就費了他們將近個把個鐘頭。

黃新瑞接著繼續往上時，身後的聲響又傳來，他一面走一面頻回頭，卻總看到一片陰鬱的草叢、亂石、山岩。

他不信自己耳朵有問題，然後他突發奇想，默默往上爬了一大段後再以迅雷不及掩耳速度，瞬間回頭！

咦?下方相距不足兩公尺處有一塊中型石頭，石頭底下草叢中，有一只灰黑色布鞋在他眼皮子底下徐徐縮入草叢內！

果然，自己耳朵沒問題，他出聲喊道：

「可以停一下嗎？」

隊員們都累了，立刻停腳順便休憩、喘口氣。黃新瑞拜託旁邊隊友替他擔拂住，他轉身往下走到石頭處，撥開草叢……只見砂礫、小草，沒有布鞋。

他特意轉方向，繞到石頭另一邊仔細尋一番，結果還是沒看到什麼。

難道，真是自己耳朵有毛病？連眼睛也有問題？

「喂，走了啦。天色都暗了，再不快點上崖，很危險吶。」

四位救難人員繼續往上，黃新瑞旁邊的同事問他怎回事？

黃新瑞勉強一笑：「沒事，是……風聲，山谷的風聲挺響的喔。」

「嗯，當然，山上的風比平地大，又響。」

好不容易登上山崖，洪信州立即解開擔架上繩子，對林太太施行急救，但是她卻已斷氣。

❖

這麼辛苦，結果沒把人救回，大家難免心情沮喪，卻也無奈。

剛剛那群人，有的上了年紀不宜太晚下山，都疏落的離開了。這裡距離南橫公路還有一段小距離，救護車停在公路那邊，救難人員繼續扛著擔架，往南橫公路那邊去。

好在這段中之關健行古道不長，也不如剛剛的山谷難走，很快就到達救護車。洪信州打開車子後門，兩位隊員將擔架靠過去……

剛剛在急救時，擔架繩子已解開，只剩一張帆布覆蓋著林太太，擔架就要推進車後之際，一陣山風颳來，吹掀開帆布一角，露出林太太的腳腿……

站在旁邊的黃新瑞，轉眼之際對上了灰黑色布鞋，在此同時他沒來由地，心口突跳。

❖

將大體運送下山，自有家屬和殯儀館人員接手。任務完成回到家，吃過晚飯、洗完澡，已經快十點了。因有些累，黃新瑞躺在床上休息，這時腦海中浮起個疑問：在山上石頭底下，草叢中那隻灰黑色布鞋，跟林姓婦人腳上穿的是同一雙嗎？如果是的話，鞋子卻穿在婦人腳上？如果不是的話，他特意繞到石頭邊尋找，竟然都沒看到布鞋？這個說不通呀，今天他是以救難者身分協助，將大體搬運下山，就算不存感激之心，也沒必要這樣……嚇人呀。

唉，反正林姓婦人已經歸天了沒得問，找不出原因，何必傷腦筋？翻了個身，黃新瑞閉上眼想趕快入睡，明天還有明天的工作呢。

朦朧間即將入睡之際，一陣寒風襲來，吹的黃新瑞冷醒過來。他睜開眼，以為窗戶沒關，不過他記得明明關上了的。就在這時，又吹來一股更冷冽的風，他只好翻身，投眼望去，果然床對面的窗口是敞開的，他下床關好窗，轉回身往床邊，走到一半時，突兀地傳來窸窣聲響……

聲響似乎在身後般清晰，像走路時腳拂過雜草發出來的聲音。他回頭望向窗戶，這時聲音沒了。

窗戶鑲著毛玻璃，應該是暗黑的毛玻璃，因外面路燈照耀映出的亮光，顯得微晦。黃新瑞正要轉回頭，忽然一團影子從窗戶右邊出現，緩慢地移向左邊……而窸窣聲也響起。

窗戶不高，可以看到影子側身的頭、頸、迄至上半胸口，影子移到窗戶中央，忽然停住，頭轉過來……

雖然隔著毛玻璃，黃新瑞卻強烈感受到影子陰厲睛芒，正瞪視著自己。呼了口氣，黃新瑞揚聲問：「誰呀？」

同時他又往窗口走過去。這時，影子竟然快速地移往左邊，消失在窗戶上。窗戶左邊再過來就是房門了，黃新瑞轉眼瞪視著房門……

他租住的這間，是公寓一樓，房東住在前棟，後棟隔成三個房間，住了三位房客，剛剛他想到或許是其他房客經過。若是繼續往左而去，有可能是其他房客要回房間。

好久，都沒動靜，黃新瑞躡手躡腳走向房門，側耳傾聽著……還是沒動靜。他輕推開一道門縫，外面空無一人。心口上重擔頓然除去，輕鬆地想著有可能是房客進房間去了。

略一猶豫，還是不放心。他打開房門，赫！靠左側站了個老婦人！

她臉容看來平實而慈祥，陌生卻有點面熟。舔著焦乾嘴唇，黃新瑞問：「妳是誰？要找誰？」

婦人嘴唇閉得緊緊地沒說話，眼神木然無光直盯著黃新瑞。黃新瑞又問了一次，婦人還是無言地杵立著，他愈看愈覺得老婦人面熟……

忽然，靈光一閃，黃新瑞想起來了……

一個月前，房客阿山的媽媽帶了一簍水果到北部來探望他，他還送黃新瑞兩顆梨子吶。

「呀，找阿山嗎？他住隔壁。」

婦人都沒有反應，黃新瑞有些不耐煩了，不過還是很客氣地說：

「抱歉，我今天很累要休息了。喏，阿山就在隔壁。」

很想幫她忙，不過黃新瑞今天太累了，說完他就關上房門……

就在闔上的房門剩下一點隙縫時，黃新瑞無意識地垂眼望著地上。哇呀！看不到婦人的腳，穿著兩條長褲，只到膝蓋就截斷，以下是空的。但是，她站立處底下，應該是腳的方位上，有一雙灰黑色布鞋，布鞋上沾滿爛泥巴、砂礫。

劇烈顫抖著手，黃新瑞起碼拉了五、六次，才拉住關門的門閂。接著，很困難地把門鎖上，反身時他幾乎是一瘸、一拐，又摔了一跤，半爬半跌的滾回床上。

❖

原來是山難那位林姓婦人，難怪黃新瑞看著覺得眼熟。事實上，阿山的媽媽他也不熟，只有一面之緣而已。

只是，它來幹嘛？它應該跟著家屬回去呀。黃新瑞把這件事跟隊長洪信洲說，他聽了，沉吟一會，洪信州建議他去廟裡拜拜。

黃新瑞很意外，加入救難隊，從來沒遇到過什麼奇怪的事，也沒聽其他人提起過。

洪信州這才告訴他，他常到某間寺廟拜拜，說著還掏出他胸前一枚護身符：「吶，每次出任務，都隨身攜帶著這個。我每個月都會去寺廟裡祭拜、過火，再配戴著。」

「喔。」

接著，黃新瑞馬上尋址到寺廟上香，還求了一枚護身符。配戴著護身符讓黃新瑞安心不少，照著平常一樣作息。

這天他下班回到家，又出門用晚餐，回到家，已經八點多。這時沒人使用浴室，他拿起肥皂、臉盆、毛巾，到屋後楞了一下，因為浴室門關著，燈沒有亮，卻傳來沖水聲音……

有人？他轉身想先回房，待會再來。忽然，沖水聲沒了，他轉回頭看到浴室沒有亮燈，門也打開來，裡面……想當然爾，是暗濛濛一片。

那，剛才是自己眼花？不會差這麼多吧？又沒聽到開門聲音、又沒聽到有人出來？又沒……

黃新瑞心裡浮上個疙瘩，但既然沒有人，就……趕快洗洗，否則待會另兩位房客回來也要使用浴室呢。

先把身體打濕，再倒出沐浴精，分別抹上頭髮、胸前、身軀各部位，接著先洗頭，他雙手一起摳抓著頭髮，洗得正高興。忽然，他發現除了自己的十根手指頭，好像還多了一根在他的頭頂上方摳抓著。

他停住手，頭頂上也安靜，並未有被摳抓之感。接著他繼續洗頭，不過他放慢動作也提高注意力。

過了大約半分鐘，耶！那種感覺又來了——因為他提高注意，所以感覺很清楚。

洗著、洗著，忽然他將右手整個覆蓋在頭頂上，同時縮握起手掌……

哎呀，他抓到一根……手指！

沒錯，真的是手指，軟中帶著手骨頭，所以是又軟又硬。他慌忙轉回頭，沒人！

但是，那種撈住一根瘦弱手指感是那麼真實，他打量著自己雙手，手指頭粗壯而飽滿跟剛才的手指頭絕對不一樣。

空間不大的浴室，除了他之外，鑾狹窄的根本藏不住其他……

「砰！砰！砰！」

浴室門突然被敲響，黃新瑞嚇得彈跳起來，發出一聲驚叫：「哇呀！」轉望浴室門，整片門都是塑鋼，看不到外面人影，黃新瑞垂眼，看到門底下露出一線隙縫，有兩隻穿著拖鞋的腳……

就在這時，門又被敲響。黃新瑞定定神，不是穿布鞋，不必過度害怕：

「誰呀？」

「可以快一點嗎？我等很久了耶。」是阿山的聲音。

心中舒了口氣，黃新瑞揚聲喊：

「好啦。我才剛進來……」

「哪是，已經快十點了。」

「好啦，再等我一下下。」

嘴裡這麼說，黃新瑞心裡可不認同，不是才剛進來嗎？接著他加快速度，匆忙洗完，特意知會阿山，還跟他閒談一會兒，阿山說他不到九點就回來了。

黃新瑞回到房間一看，唉唷，果然已經快十點了。

這一段，使他相當不解，想不透為什麼？

平常他洗澡，加洗頭，絕不超過二十分鐘。

在房間內整理一下、東摸西摸一會兒，黃新瑞才關燈、上床，回想方才……他忍不住，伸手摸摸自己頭頂。

「啪！喀！」

黃新瑞循聲望去，是房門？還是窗戶？

好一會兒都沒動靜。鬆緩一口氣，他忽然想起，護身符呢？

關上燈的房間內，唯有窗外路燈映出些微晦光，此外都是一片暗晦，尤其是幾個角落更暗。不過，房間內的擺設，黃新瑞都很孰悉，他翻身下床，四下尋找……

剛剛要洗浴，不得不拿下，記得是放在小桌上。沒有？床上？剛才上床沒看到。或是放在外套口袋？

他走到衣架，外套掛在那裡，正要伸手探進口袋內……

呵呵……呼——

門窗都關緊的房內，哪來風聲？黃新瑞轉回頭，雖然倉促，但他看得仔細，床上一條影子倏然竄向窗子，窗口是關緊了的，影子卻穿窗而出消失了。是婦人的鬼影嗎？黃新瑞屏住呼吸，很不相信是它。況且他自忖並沒對它不敬，不該這樣一而再，再而三的不斷騷擾他。

最重要的，他還求了一枚護身符。想到護身符，他走向床掀開被子檢視著，果然在床尾。他想起來，剛剛就是放在床上，可能是被棉被給推擠到床尾。

重新躺下床，正欲閉眼，眼尾瞄到一個影子，矗立在窗口邊角落，燈光照不到那個角落。

黃新瑞瞇眼望去——陰幽婦人的鬼影，兩條長褲到膝蓋處截斷，以下是空的，但是底下灰黑色布鞋，明顯而刺眼。

黃新瑞皺著眉，抬手一甩，手上抓著的護身符甩向角落婦人。

鬼影乍然渙散，竄向窗口外。明明沒聽到聲音，黃新瑞卻感受到凌厲鬼嗥，充斥在整個房間。

❖

一大早，黃新瑞向公司請假，依址找到林姓喪家的地址，開門的林老先生，臉容憔悴，精神不濟。

知道是救難隊隊員黃先生來探視、上香，林老先生非常訝異，怎麼有這麼好的救難員呀？

黃新瑞上香、默禱後，林老先生請他落座、上茶。黃新瑞慰問他時，林老先生客套的感謝他救援，末了抹著眼眶，說：

「我太太，走的很不安心。」

「呀？怎麼說？」黃新瑞問，其實這正是他來此的目的。

「已經過了頭七了，我還是天天夢見她。」

黃新瑞點頭不迭。

兩夫妻感情太好，天天入夢，算是正常吧，但……差一點說出自己常受到騷擾，這就不對了。

接著，林老先生述說出……他年紀大了，有午睡習慣，睡到兩點多左右就會夢見太太，這正是林太太在山上摔落山谷的時間點。

林老先生夢到太太在家裡，跟平常一樣，整理桌子、打掃室內、外，他很高興出聲叫她，叫了許多次她才抬起頭……

只見她血流滿臉，傷痕累累，簡直認不出本來的面貌。林老先生連退數步，她嚎哭著追上來嘴裡念念有詞，但念些什麼林老先生完全聽不清楚，就這樣被追著醒過來。

黃新瑞想不到連林家人都受到她騷擾。

「難道，她……林太太走的不甘心嗎？還是有什麼事，使她不開心？」

長嘆一聲，林老先生搖頭，說出他們兩夫妻這一生都過得很好，連吵架的次數都不超過兩位數以上。

黃新瑞又問：

「請問你們有幾個孩子？」

「三個，兩男一女，都已婚嫁各有他們的家庭了。所以我太太很清閒，就因為太清閒才會找朋友喝茶、閒聊；這次不知道誰發起的就相約去爬山，想不到竟然會出事。」

說著，林老先生抹一下眼角。

黃新瑞記得救難那天，沒看到他：「耶，你沒有一起去嗎？」

林老先生搖頭：「她要我一起去，不過，我那天腳不舒服，我有關節痛的毛病，怕跟著去會拖累大家。被她吵不過，我就打電話給我大姨子，大姨子答應跟去，她才沒話說。」

黃新瑞點點頭，接口說：「你再想想看，有什麼事讓林太太掛念的？」

林老先生搖著頭……忽然想到什麼的接口：「對了，昨天中午我又夢見她。這次我沒有跑，就是看著她，然後她……舉起左手朝我揮了揮。」

「是嗎？她這是什麼意思？」黃新瑞皺起眉頭，問。

「我昨天不明白，今天早上忽然想到，幾年前我買了一個水晶手環送給她。本來，我想買金手環但她說不要。戴著金手環太過於顯眼，很危險，萬一手被剁掉怎麼辦？」

講到這裡，林老先生苦笑著，黃新瑞也淡笑。

「那個水晶手環呢？林太太一直戴著？」

林老先生點頭：「對，那只手環從來沒離開過她的手。」

黃新瑞腦海中靈光一閃，接口：「耶？記得……我們送林太太下山時，好像沒看到她的手有這個！」

說到這裡，黃新瑞猛然起身，走到林太太供桌前，林老先生跟著走過來。黃新瑞看他一眼，問有沒有準備擲筊之類的？林老先生搖頭，黃新瑞掏出口袋內，兩枚十元錢幣當作筊杯，向林太太問起事情來。

只問了三次，十元錢幣都是一正、一反聖杯。黃新瑞收起錢幣，林老先生追問著，怎回事？

輕吸口氣，黃新瑞徐徐道出，這幾天林老太太在他住家出現過無數次，現在他終於明白了，看來他還得再走一趟中之關健行古道，說罷黃新瑞辭出林家。

找個空閒時間，黃新瑞真的又去中之關健行古道，不過在古道上來回尋找幾遍，都沒找到什麼。當走到邊坡林太太掉下去的山谷時，黃新瑞猶豫了一會兒，最後決定沿著山谷再下去一趟。

這趟沒有任務，黃新瑞比較輕鬆些，不過為了找東西，還是費了一整個下午，找到天色都暗了依舊毫無所獲。

他只好繼續降向山谷底下，眼看天都黑了，山谷底更是一片黑，什麼都看不到。黃新瑞想往上攀，忽然他的褲腳管被人拉了一下，不過下面沒有人吶！

誰拉他的？黃新瑞低頭往下看……下面距離幾公尺處，佇立著一道影子。他嚇一跳，手差點鬆脫。好在他反應快，急忙拉緊繩索。

只見模糊鬼影伸出手，指著它腳旁，接著它轉頭抬望向黃新瑞。

黃新瑞看不到它受傷的臉，只看到一團烏黑影子，接著它從頭往下逐層地往下消失……等它消失了，黃新瑞整個醒悟過來。他想了想，既然都來了，儘管天色暗得幾乎看不到什麼，他還是決定溜下去。

一會兒，到了鬼影出現處，黃新瑞看到一塊巨石，斜插入山岩中。停在巨石旁，他仔細在石頭底邊找……喔！一道微弱光芒閃了閃，是水晶手環。

當時，就是在這裡發現林太太。

拾起水晶手環，周遭一片黯黑中，黃新瑞還是想起來……

發現林太太時，她傷痕累累的臉上，睜開一道眼縫，慘白的嘴唇上下嚅動著，然後，她微抬起左手往旁輕輕一揮，旋即無力的垂下來。

那時她就是想提醒救難員，她的手環啦！

慎重小心收妥水晶手環，黃新瑞往上攀爬，雖然山谷黯淡不見光；雖然山風強勁而寒冽；雖然耗費了體力，感覺蠻累的，但是任務達成。黃新瑞一顆心，是無比光明而輕快！

把水晶手環送回給林老先生時，他老淚縱橫，一再向黃新瑞道謝，並說會讓水晶手環陪葬，永遠陪伴著林太太。

之後，黃新瑞再沒遇到過什麼不可解釋的詭異事件了。

第四章

雙陰靈

住在林口的蔡俊廷，親口道出他的際遇時，還顫慄不已。

家住林口，到台北上班的時間往返很費時，因此，蔡俊廷早就想買一部車子，直到漂亮的賴秀吟進公司後，買車慾望更強烈。

參考幾家售車公司，也考慮荷包問題，最後，蔡俊廷終於下定決心，到專賣二手車的店家，找到一部看來還不錯的轎車。

心情大好之下，這天快下班了，蔡俊廷早早完成手邊的工作，覷空轉到賴秀吟座位搭訕。

賴秀吟人如其名，俏麗臉上總是一副笑吟吟，看到她的笑顏，讓蔡俊廷更是陶然欲醉。

「呀，快下班了，你還不走嗎？」

蔡俊廷乍然清醒，想起這會兒要幹嘛了。

「噫，呃，要要，就要下班我想請妳幫個忙。」

賴秀吟一怔，兩人的工作性質，風馬牛不相關，自己能幫上什麼忙？她收斂起笑容，專注聽完蔡俊廷的請求後，微偏著頭：

「我是不急著下班，可是，對車子我是外行哩。」

「沒關係啦，重點是請妳以客觀看法，坐起來感覺怎樣？給我一個意見，如果有什麼問題，我也好提早向賣家提出來。」

「喔，是這樣。可以，等我收拾一下。」

蔡俊廷滿心雀躍極了，沒料到第一招就成功。這，也太順了吧？他曾聽同事議論，說像她這麼漂亮的女生，搞不好已經有男朋友了。

等兩人跨出辦公室時，天色已經微暗了，蔡俊廷看著腕錶，使出第二招：「嘿，我們是不是先吃晚餐？因為餓著肚子，我開車會不舒服，另一點，試車應該要找適當地點，總不能在這辦公的商業區開快車吧？」

賴秀吟笑著說她還不太餓，蔡俊廷說，沒關係，多少吃一點，算是陪他吃。

第一次這樣單獨一起吃飯有點不好意思，但蔡俊廷的正當理由，加上他談吐溫文儒雅，讓她無從拒絕。

隨便找間小吃店，蔡俊挺順勢約略介紹起家裡人口簡單，只有他跟媽媽兩個人，媽媽住在中部老家，為了工作方便，他在北部租屋。

畢竟是同事，這樣的閒談不會顯得突兀，賴秀吟對他的好感，增分不少哩。

走出小吃店，天色已暗了，賴秀吟便撥打手機，告訴家人，說她有事會晚點回家，蔡俊廷心裡浮起欣悅之感，他看出來賴秀吟對自己的第一印象似乎還不錯。

正值下班，車子塞塞走走，耽誤不少時間。駛出市區，往北投郊區而去，沿路已是萬家燈火。

快到大業路，車流量比市區少，蔡俊廷也加快車速。

「抱歉，塞車耽誤許多時間，害妳這麼晚回去，沒關係吧？」

「沒關係，我爸媽對我一向很尊重。」賴秀吟笑著：「你這部車看來還不錯，上路還蠻平順的。」

「對呀，店家老闆說，這部車上路里程不長，雖然是二手車，但引擎平順、剎車也蠻靈敏。」

「咦，還附送音響嗎？」賴秀吟四處摸摸車體、音響，

「嗯，這是基本配備，不過這台音響音效還不錯。」

「喔，你賺到了。」

「呵呵，得到妳的稱讚，車子有福了。」蔡俊廷拍拍方向盤，興奮極了。大業路路段筆直而寬，車子也更稀疏，蔡俊廷忘情地踩下油門，不知不覺速度加快許多。這時，路旁跑出一隻花貓，賴秀吟冒出驚訝喊聲，蔡俊廷也嚇一跳，連忙踩下剎車，車輪響起尖銳聲，然後車子停在路旁。

蔡俊廷打開車門，下車察看。驚出一身冷汗的賴秀吟跟著下車。暗懵夜色下，寬大、筆直的馬路上，空無一物。蔡俊廷左右、前後巡視著，連馬路最旁邊的水溝蓋也不放過。

「咦？怎回事？」蔡俊廷轉望賴秀吟：「我看錯了嗎？」

「我看得很清楚，是一隻花貓，身上有白色、淺棕色、深棕……」賴秀吟走向馬路更裡邊：「不可能彈飛到馬路裡面的住家吧？」

走到車旁，蔡俊廷摸摸口袋，發現手機在車上，正想打開車門，賴秀吟把手上手機遞給蔡俊廷，他亮開手機燈光，蹲下身，照射著車底，沒有，什麼都沒有。

遍尋不著，又找不出原因，蔡俊廷和賴秀吟討論著：天色這麼暗，可能兩人都看錯了？另一個可能是，花貓無恙，受到驚嚇所以逃掉了。

回到車上，車子重新啟動，就在這時，賴秀吟不經意，望向車窗外車窗是打開的，窗外後視鏡，遠遠的站了個小女孩，小女孩全身陷在暗黑，因此顯得很模糊，唯獨尖臉閃著暗紫色眼芒。

「啊——」賴秀吟突然大聲驚喊，

蔡俊廷被嚇一跳，握住方向盤的手鬆開，忙問道：「怎麼了？」

賴秀吟指著車窗外後視鏡，聲音微顫：「後面，看到嗎，有個小女孩……」

蔡俊廷看後視鏡，又轉頭看車子後座的玻璃窗，接著打開車門，伸頭往後看，什麼都沒有。

這時，出現在後視鏡的小女孩不見了，賴秀吟微顫的關上車窗。

蔡俊廷關上車門，發動車子，溫馨的輕摟賴秀吟肩膀：「別怕，是妳看花眼了。」

❖

被蔡俊廷開車送回家時，賴秀吟感覺他這個人很踏實、又貼心，她心中充滿了溫馨感。眼看家裡燈光都熄滅，她知道爸媽都入睡了，就輕手輕腳的上樓、梳洗罷，關上房門，準備入睡，那絲絲甜蜜感，依然縈繞在心頭。

賴家住公寓四樓，格局是兩房一廳，賴爸、媽睡一間，賴秀吟和姊姊睡一間，姊姊在去年出嫁，所以賴秀吟獨佔一間，顯得很寬敞。

已經入睡了，但在朦朧中，賴秀吟聽到房門有聲響，像有東西在刮搔門板，聲音很輕微。

迷糊中，她翻個身，朝另一邊繼續睡，這邊床畔有個小几，小几旁是窗口，窗戶是毛玻璃。

應該已入睡，可是賴秀吟感到被盯望，盯望愈來愈強烈，變成是被逼視，『逼視』像一根刺，刺得她渾身不舒坦。

終於睜開眼。呃？毛玻璃上有一道明顯的影子，等了好一會兒，影子不動，依舊直挺挺，就像是貼在毛玻璃上面。

迷糊的思緒漫遊間，賴秀吟感到自己輕飄飄的下床，輕飄飄移向窗口，可她雙眼被窗口上的影子黏緊住，無法移開視綫。

這詭異的感覺，似乎很真實、卻又飄忽，她停在窗口邊，猶豫著，要不要……打開窗戶？

就在這一頓間，毛玻璃上突兀的亮出兩朵綠芒，賴秀吟身軀不動，心臟卻怦怦跳。

緊接著，毛玻璃扭曲著，凸出一張臉、頸脖、肩胛、雙臂、上半身……臂膀伸過來，一把捏緊賴秀吟喉嚨。

「嗚……哇……」驚懼喊聲響在耳畔，賴秀吟瞬間清醒、張大口，坐起上半身，雙手掩住脖子。

她轉頭看一眼窗戶，沒呀，沒有影子、也沒有凸出的人影。

所以，剛剛是作夢？但，夢境卻如此逼真，喉嚨也依稀微疼……

忽然，房門響出刮搔聲，賴秀吟轉頭看房門。房門底下有一條細縫，隙縫透出一抹微亮，那是走道上的壁燈映出來，可以略微看到房門走道外。

她看到寬兩尺半的房門底，有一團烏黑影。她眨眨眼，看不出那是什麼。

就在這時，另一團影子從客廳方向移過來，停在那團烏黑影的旁邊。

賴秀吟猜，應該不會是爸媽。那……是誰？

忽然，門縫底下探出一隻扁而細小的……枯骨手！

賴秀吟驚訝的目瞪口呆，那是誰在惡作劇嗎？家裡只有她跟爸媽，誰會惡作劇？

才這樣想罷，房門上的喇叭鎖被緩緩轉動起來……一襲寒意竄上背脊。賴秀吟一度以為自己又跌入夢境，她捏捏自己腮幫子。痛，所以不是夢境？

她這時很慶幸，平常睡覺都會把房門上鎖。不過，喇叭鎖由緩慢，變成急促轉動起來，愈來愈激烈，還發出喀啦、喀啦聲，搞的賴秀吟一顆心跟著噗噗跳動不已，這樣持續了一陣子，喇叭鎖突然靜止下來。

過了好一會兒，賴秀吟按住心口。輕悄下床，走近房門板，側耳傾聽，外面是安靜的。

她趴在地板，由隙縫望出去……這時，門板下兩團烏影已消失了，她放下了心。忽然，門板下閃著兩朵暗紫寒芒，對上了她的眼睛。驚叫一聲，賴秀吟慌張爬起，連退幾步，碰到床沿，一個不小心她整個人歪倒到床上。轉頭時，她看到門板底下的隙縫，又出現了兩團烏黑影子。

她喘著大氣，拉起一條薄毯，矇住自己……

次日，她睡到不省人事，是被房門的拍打聲給叫醒來。她打開房門，賴媽以為她今天休假，否則怎睡到那麼晚，還賴床？

什麼都來不及說，也來不及用早餐，賴秀吟急匆匆套上衣服、抓起皮包，火速衝出家門。

明晃晃的太陽，會讓人忘記夜裡的噩夢，尤其面對現實時。賴秀吟的心思，全融入繁忙的公務中。

忙到午休時間，賴秀吟終於鬆了口氣。這時，她桌上話機響，是內線蔡俊廷打過來，先問她忙完了沒，想邀她一起吃午餐。

賴秀吟把桌上文件收拾妥當，拎起小錢包，立刻下樓。蔡俊廷已經等候在公司對面。

用餐時，蔡俊廷提起昨天的試車，而賴秀吟也關切地談起，兩人愈聊愈起勁，距離也更近。不知不覺，感情酵素正迅速升溫中。

品茗著飯後咖啡時，蔡俊挺忽然問道：「妳昨晚睡得好嗎？」

「嗯，還好。」賴秀吟點頭，反問：「怎麼這樣問？」

「哦，我看妳眼睛微微浮腫，要不要趕快回公司小憩一下。」

「不用。」他好細心唷，連眼睛這種小事也注意到，賴秀吟問：「對了，你昨晚回家，有夢見、遇見什麼奇怪的事嗎？」

「沒有，我昨天心情超好，一覺到天亮。」蔡俊廷儒雅的笑了。

事實上，因為昨晚的關係，賴秀吟覺得精神不太好，她微微張嘴，想說出昨晚的事……

「怎麼？妳遇見了什麼？」蔡俊廷審視著她。

想想，還是算了。賴秀吟搖著頭：「沒有。」

時間也差不多了，蔡俊廷付完帳，兩人一起回公司。

❖

之後在公司，蔡俊廷和賴秀吟愈走愈近。兩人碰面，總有聊不完的話題。彼此間也都逐漸了解，尤其是蔡俊廷他媽媽住在中部，他單身在外租屋，總有許多家人照顧不周的時候，使得賴秀吟更平添許多關切。

下班時，蔡俊廷幾乎天天都載她回家。每逢假日，常開車出外遊玩。

一天晚上，兩人相約到陽明山喝茶。雖然不是假日，可是人潮很多，興許因天氣好的關係，許多遊客爭相上山賞夜景。

蔡俊廷倆人選在室外的露天座位，一面品茶，一面觀賞整座大台北市。點點璀璨燈光，恍如千萬顆星辰，閃爍在腳下，煞是美極。

茶喝到一半，賴秀吟頻頻轉頭，向身旁低聲說話，還不時點頭；接著，還伸出玉手對空氣撫摸著……

剛開始蔡俊廷沒注意，結帳後離開餐廳，走在高低不平的砂礫地上，賴秀吟扭頭，對著空氣，說：「嘿，走了。」

蔡俊廷好奇問：「妳在跟誰說話？」

賴秀吟露出神祕表情：「我帶了個小女生、還有一隻寵物。」

蔡俊廷依言望去，沒看到她說的人和寵物，就在這時，忽颳來一陣陰森森寒風，蔡俊廷不禁打個哆嗦，四下張望：「呀？在哪？」

「就在我身邊吶，呵呵……」賴秀吟笑著說。

蔡俊廷滿臉問號。看到賴秀吟笑呵呵表情，以為她頑皮、開玩笑，沒再繼續追問。

「對了，妳爸媽知道我們倆在交往嗎？」蔡俊廷小心問道。

之前就想探問了，一直沒機會，今天趁良辰美景，心情愉悅的機會，他希望能聽到好消息。

賴秀吟停頓著，俯低螓首……然後她伸出手，往身旁輕揮、溫柔的撫摸。

蔡俊廷心情開始緊張，跟著轉頭，偏是看不到她的表情，他急著又問：

「嘿，妳到底有沒跟妳爸媽提起我？」

「嗤！」賴秀吟輕笑著，美眸一轉，調皮反問：「這很重要嗎？」

「呃，當然重要。」蔡俊廷口語急促地：「我媽上了年紀，每次跟我聯絡，就是問我有沒有女朋友，若是沒有的話……」

「怎樣？」賴秀吟歛起笑容，直視著蔡俊廷。

迎視著她的臉之際，蔡俊廷有剎那間的迷茫……可能是這裡燈光晦暗，她臉孔像罩上另一張陌生臉容……小臉尖下巴，閃出暗紫色眼芒。

「呀，妳……」蔡俊廷目瞪口呆，伸出的食指，停在半空中，緊接著，不到0.1秒，賴秀吟的臉瞬間恢復原狀。

「快說呀，若是沒有女友的話，會怎樣呢？」

蔡媽原本告訴蔡俊廷，她很中意鄰居的女孩。這時，蔡俊廷輕喘口氣，放下手，轉開話題：「我媽說，有的話，趕快帶回去給她看。」

賴秀吟又笑了，轉回頭欣賞山腳下五顏六色的燈光。

「喂喂，小姐，妳還沒回答我的問題哩。」

「呀？什麼？回答你什麼問題？」

蔡俊廷有些錯愕，微感到賴秀吟有些異樣，兩人交往時間雖然不長，可是剛開始她的表現，跟現在很不一樣。她現在好像健忘，說話漫不經心。

「就……有跟妳爸媽提起我嗎？說我是妳的男朋友嗎？」

「喔，有啦，我說公司裡一位同事，叫做蔡俊廷，對我很好很細心。」

「同事而已？」蔡俊廷有點失望，放低聲音，好像說給自己聽。心情好像受到了影響，兩個人沉默著，繼續往前。

❖

走到停車場，兩人一直沒再開口，不過蔡俊廷還是一樣體貼，繞過左邊，打開車門，讓賴秀吟上車，坐妥當了他才繞回駕駛座，緩緩把車開往山下。

車流量不多，加上這時間點，上山的車子比較少，車速不知覺加快許多。接著轉了幾個彎道、又是下坡，車速更快了。

下山路段，蔡俊廷的車是靠右邊的山壁，這時前方是個大轉彎，彎度有四十五度，山壁擋住視線，蔡俊廷打著方向盤，轉到一半，突如其來地，車內響起一個淒厲而尖銳的聲音：「喵——嗚——」

蔡俊廷心口猛一跳，同時，意外發現對向一輛速度不慢的廂型車，越過中央線衝過來！

惶急之下，蔡俊廷猛然把方向盤轉向右邊，一心要避開廂型車。

驚險中，兩車以分毫差距避開了對撞。避開廂型車後，蔡俊廷馬上把方向盤往左轉回，免得撞上山壁。

就在這時，平常很正常的方向盤，突然轉不回左邊，好像加了一股無形力道，更用力的衝往右邊山壁！

蔡俊廷在心裡大喊著：哇！不好，完了。

電光火石間，蔡俊廷想保護副座的賴秀吟，但速度真的太快，快到令人措手不及。蔡俊廷耳朵傳來驚天動地的碰撞聲，緊接著，渾身大震後，陷入一片昏迷。

❖

兩天後，蔡俊廷醒了過來，發現自己躺在醫院的病床上。他動了動，身上傳來椎心痛楚，這才發現自己的右臂、右腿打上石膏。

旁邊一位護士走過來，叫他不要亂動。

記憶回來了：車子撞到山壁。

他右邊手臂、腿骨折，那坐在右邊的賴秀吟呢？豈不更嚴重？她呢？

護士絮絮道出，兩天前他倆被送到醫院，除了骨折，幸運的沒有傷及內臟，右座的賴女身上只有擦傷，並沒受到嚴重傷害，但卻昏迷不醒人事。經過電腦斷層掃瞄檢查，發現她頭部受到撞擊，額頭滲血，還在觀察中。

據交通警察現場調查所敘，是開車自撞山壁。這麼嚴重的撞擊，使車子右邊整個凹陷、毀損，兩人居然幸運的逃過死劫。

蔡俊廷心裡哀號著：天呀，我的車玩完了，這叫幸運？我不是自撞，是為了閃避來車呀！不過這也只能對警方說了，他現在最擔心的是賴秀吟。

「請……請問，賴小姐在哪？」開口說話，牽引身上痛處，蔡俊廷痛得齜牙裂嘴。

「哦，她還在加護病房。」

蔡俊廷想探望賴秀吟，卻讓護士阻擋，說他剛打上石膏，最好不要亂動，還說賴秀吟爸媽都來了。想起愧對賴爸、賴媽，想暫時先不要跟他們倆見面，蔡俊廷乖乖躺在病床上。

接著幾天，蔡俊廷他媽媽趕來醫院，代表公司的一位主管，也到醫院探望。

❖

因為年輕，蔡俊廷恢復得很快。這天，清潔人員收走晚餐餐盤，蔡媽才到地下室用晚餐。憋了幾天的蔡俊廷，拉過床邊的拐杖，小心翼翼的下床，慢慢走出病房。

這會兒正值用餐、休息時間，長長的走廊，空曠而安寧，病房內偶而傳出談話聲，還有電視機的笑聲，蔡俊廷一瘸一瘸的往加護病房而去。

費了好一段時間，他終於站在加護病房的透明窗口前，這時間點，賴爸媽都回去了，病床上的賴秀吟頭部包裹著紗布，閉上雙眼，鼻上、身上插著管子……

蔡俊廷心中不覺浮起一股慘然，原本是高高興興的出遊，怎麼會搞成這樣？

他其實不擔心自己的腿、臂膀，困擾他的是賴秀吟，既然說她一切正常，為什麼還沒醒過來？所以很擔憂她腦部的狀況。

打上石膏，無法下床的時間，幾乎每一分、每一秒他都煩憂賴秀吟，萬一她就這樣一輩子昏迷呢？那，他就是兇手，害死她的兇手，他要如何面對賴爸、賴媽？他們倆老會追殺他吧……他不敢繼續往下想。

「呼——」突然，毫無預警地颳來一陣陰寒冷風。蔡俊廷轉臉，望向右邊長廊彼端，安謐而空蕩得令人心冷，不，應該說是他此刻的心緒，空寂而森冷。

他腦中閃出一個念頭，不能再拖了，明天一定要問問賴秀吟的主治醫生，她到底狀況如何？

這樣一想，蔡俊廷心裡稍安，再轉回頭望向窗內，倏然間，他心口一跳。

賴秀吟躺著的床畔，什麼時候站了個小女孩？

蔡俊廷忙轉望向窗口右邊，再過去一點的病房門。剛剛他看著右邊長廊，根本沒看到有人進去呀！

這個小女孩怎麼進去的？何時進去？

立刻，蔡俊廷又轉回頭，前後不到三秒，原本是背向窗口的小女孩，變成站在床畔的另一邊，亦即面向窗口。她小臉尖下巴，偏臉盯著賴秀吟。還有，她手上抱著一隻花貓，花貓身上是白、淺棕、深棕色相間，入目之下讓蔡俊廷感到……女孩的小臉尖下巴、以及花色貓咪，有些熟悉，但就是想不起來在哪看到。

陷入深思中的蔡俊廷，渾然忘我，只有眼睛錯愕的望著窗內……

忽然，花貓張口發出淒厲叫聲：「喵嗚——」

蔡俊廷聽得真切，接著，花貓掙脫小女孩懷抱，迅速朝窗口跳過來，目標似乎就是蔡俊廷，他想到要快閃，不過全身動彈不得……

距窗口不到一公尺，花貓居然憑空消弭。牠這動作，喚起蔡俊廷的記憶，他想起來了，在大業路試車時，就是牠突然衝向他的車子……

挽回的記憶，讓蔡俊廷醒悟過來。他瞇一下眼，再次望向窗內，赫然發現小女孩依舊站在床畔，而她手上依舊抱著花貓！

意識到不妙，只知要趕走那個小女孩，但蔡俊廷卻無能為力。就在這時，小女孩和花貓，四隻眼睛同時朝蔡俊廷射出陰森、冷峻的暗紫色寒芒。

一股陰寒竄向蔡俊廷，他渾身一顫，看到小女孩從腳逐漸往上，變成只有線條的透明體，連同花貓也一樣變成透明，還可透視到病床上的賴秀吟。

然後，小女孩和花貓的透明體，在他眼前雙雙消失了。

蔡俊廷兩腿一軟，整個人癱軟下去。昏倒在地之前，許多事突然竄入他腦裡……

例如：賴秀吟伸出手往身旁的空氣輕揮、撫摸；她說她帶了個小女生還有一隻寵物；在山上，他看到賴秀吟臉孔罩上另一張陌生小臉尖下巴的臉容，還閃出詭異暗紫眼芒。

原來、原來這一切，都有原因的。

❖

次日，蔡俊廷發高燒，多住了一天病房。所幸，吃了醫生開的藥，他很快就退燒。醫生讓他出院回家調養，不過要回診，若一切正常，幾個月後還得到醫院拆掉石膏。

他向媽媽保證可以自己照顧自己，還有短期內絕不會開車，蔡媽這才放心的回中部。

蔡俊廷跑了幾趟警察局做筆錄，接下來，他去拜望賴家兩老，卻吃了閉門羹。

賴家兩老非常憤怒，蔡俊廷幾乎天天到賴家站崗，一站幾乎就是一整天，看他瘸著腿、手臂掛著吊袋，賴媽心都軟了，便開門讓他進去。

蔡俊廷未語先紅了眼眶，後悔不該買到有問題的車才惹出大麻煩，並說出之前開車時，就有許多跡象。接著，他獻上最誠摯的心意，說不管賴秀吟變成什麼樣子，他都會盡最大能力照顧她，也會孝順賴爸、賴媽一輩子。

看到他這麼誠懇、聽到他這話，賴爸、賴媽都哭了，即使很生氣卻也無奈。

❖

安頓好賴爸和賴媽，蔡俊廷接著回頭去找賣車老闆。

老闆姓王，聽到蔡俊廷開車時遇到許多異狀，王老闆搖頭說不知道車子會發生這些事件。

「王先生，你知道也好、不知道也好，現在我不是來找你理論，畢竟開車撞上山壁那是我的錯。現在的問題是，我的未婚妻昏迷不醒，我只想知道前任車主的地址，到底他車子出過什麼事，可以解套的話，也許我未婚妻就能得救。」

王老闆皺起眉，看他態度還算客氣，終於點頭，抄下一個地址給蔡俊廷。

❖

照著地址，蔡俊廷找到大安區的前任車主——陳邱立。王老闆說，陳姓車主是教授，在X大任教職。

讓他意外的是，陳邱立居然是位女士，她看來高雅而貴氣。

「陳教授您好，我姓蔡，有點小事想請教您，不知道您現在有空嗎？」

「是哪方面的問題？」陳邱立上下打量著蔡俊廷。

想了想，蔡俊廷決定先不提車子，不然恐怕會被阻擋在外。

「哦，教授您看，我柱這拐杖很不方便，可以先進去再談嗎？還是……如果您不方便，到附近的超商談也行。我在這裡等您。」

陳邱立再次打量蔡俊廷，看他腿、手打上石膏又滿頭汗，相貌堂堂不像是壞人，就把門打開讓他進去。

不愧是教授，客廳兼書房看來雅致而不俗。靠牆一排書櫃，書櫃前一張大書桌，同時面向落地窗，窗外是陽台，光線充足而溫馨。

兩人落坐到沙發，陳邱立端出兩杯茶後也落座，雙眼冒出詢問眼神看著蔡俊廷。

「請問，教授知道一個小臉尖下巴、長的清純可愛的小女孩？還有一隻花貓？」

陳邱立瞬間變臉，高雅氣質蕩然無存，她瞪大雙睛，射出刺人眼芒！

呃，這眼神……蔡俊廷有點熟，很像那個小女孩，只是她多了幾分凌厲。

深深吸口氣，陳邱立沉穩的開口：「別拐彎抹角，你到底想幹什麼？直接說吧。」

喘口氣，蔡俊廷點頭：「那我就直接說了……」

蔡俊廷敘述時，看到陳邱立胸口起伏漸漸明顯，雙手微微顫抖。

說到後來，蔡俊廷開始強調未婚妻昏迷不醒，而他一心只希望未婚妻能醒過來，拜託陳邱立替他想個辦法。

「聽你的意思，就是肯定我認識這個小女孩？」陳秋立深吸口氣，平穩許多。

「沒有。我不清楚車子轉了幾手，也許可能是上、上任車主，也許教授曾出借車子給誰……總之，我只想拜託教授，請問您有法子挽救我未婚妻嗎？」

陳邱立忽爾笑了：「你應該去問醫生吧。」

「有，醫生檢查了N次都找不出原因，我未婚妻頭部雖然有受傷但只是外傷，她的狀況很正常，就像熟睡了一般。」蔡俊廷道：「我不知道教授信不信鬼神類，不怕您笑話，我還到寺廟請問過，主持看過我未婚妻，他說……」

強忍住的淚水再也無法控制，蔡俊廷哽噎著低下頭，手掩住臉低泣。

陳邱立動容得臉孔都脹紅了……如果，如果，當初遇到的人，有他一半的優點，今天，何至於……想到這裡，陳邱立隱忍多年的淚腺，幾乎正在膨脹中……

畢竟個性強悍，陳邱立硬是吞回那股酸澀，音量不高，卻充滿決斷力道：

「現在不是哭的時候，主持說什麼？」

原來，蔡俊廷宣稱主持是遠親，領他到醫院探望賴秀吟，當場在病床周遭繞了一圈，回到寺廟後主持向蔡俊廷說，賴秀吟被一鬼、一畜兩縷冤魂，纏迷深切，沒有解開兩縷冤魂的怨氣，賴小姐肯定沒救，尤其是貓魂最是邪惡，怨毒更深，除非去找源頭才有望解救賴秀吟。

蔡俊廷反駁說，冤有頭、再有主，賴秀吟沒有害它，怎能找上她？

主持搖頭說，如果鬼神類、畜牲惡魂講道理，事情就好辦了。

最後，蔡俊廷兩眼泛淚說，萬一未婚妻救不回來，他還是會娶她、孝順她父母。

聽完，陳邱立沉吟半晌……感受到蔡俊廷滿腔情義，讓她非常意外。男人，可能會有這種多情種嗎？應該算稀有動物了吧？

❖

蔡俊廷和陳邱立一齊到置放小女孩和花貓的靈骨塔，買香、水果祭拜。陳邱立親自焚禱一番還擲茭杯，足足擲了十幾個茭杯，才求得一個聖杯。神奇的是，過了十多分鐘，蔡俊廷接到賴爸的電話，叫他快點去醫院，院方通知說，賴秀吟已甦醒過來。

聽到這消息，不只是蔡俊廷，連陳邱立也跟著趕去醫院探望賴秀吟。

事後，與陳邱立熟捻了，蔡俊廷才知道，原來陳邱立的先生，受不了妻子比他強勢，竟然有外遇。陳邱立怒不可遏，馬上把先生掃地出門，並不准他探望女兒。

脾氣愈來愈暴戾的陳邱立，忍受不了女兒吵著要找爸爸，向來很忙的陳邱立，找個空檔，開車準備載女兒去找爸爸，那時女兒抱著寵物花貓等候著，心情極端浮躁的她，在倒車時不小心把站在車後的女兒和花貓撞倒、輾過……

因為見識到蔡俊廷的情意濃郁，陳邱立望著他，爽然若失的低語：

「如果，我不要那麼強勢，也許我先生不會……唉，如果我能空出時間，多陪伴女兒，也許……」

早知如此，何必當初？人總有許多『也許』，但一切都太遲了，不是嗎？

第五章

失卻半身的女鬼

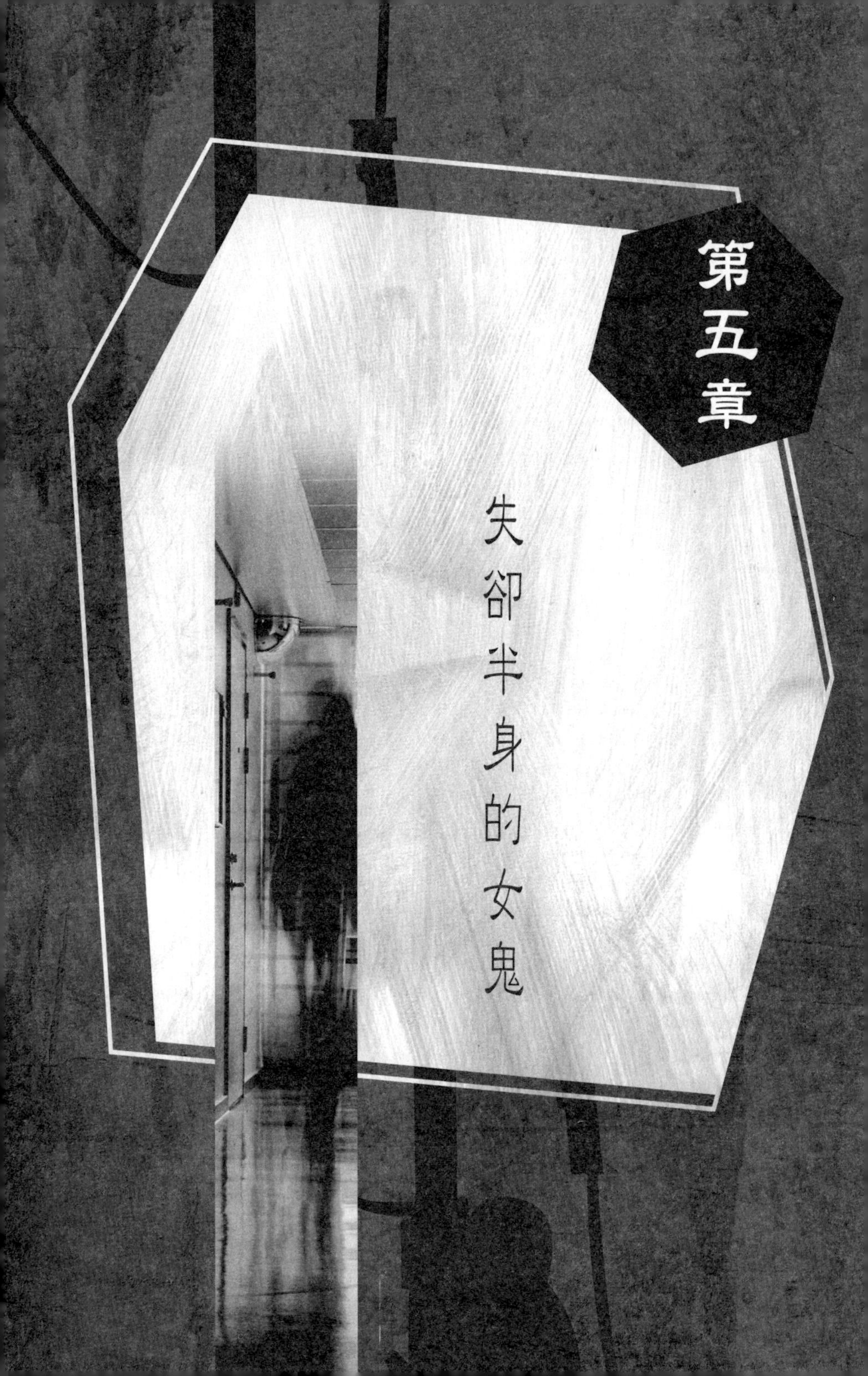

田芳音家住南部，畢業後幸運的考上公職，被分派到北部只好整裝北上就任。剛開始很不習慣離家這麼遠，因此每個禮拜周休二日，她幾乎都會回家。

回家的感覺真好，溫馨又踏實，不像在北部，下了班一個人就只孤零零的窩在小房間看書。

時間過得很快，又到了周休二日，田芳音六點下班，轉車到台北車站，買票上車，她就安心的掏書來看。

看書殺時間果然是正確的，感覺一下子就到站。她住家這一站算是小站，下車的人寥寥可數。

幾位乘客踏出車站，或招計程車或往別個方向去，只剩下田芳音一個人，順著鐵軌直行方向走。她家距車站有一小段路途，住這裡的人都習慣早睡早起，這時很晚了，人煙稀少，顯得安寧而寂靜。不像台北，不管多晚都有人走動甚至通宵達旦。

她喜歡這種寧靜，信步往前走，這一段路燈好像壞掉了，周遭都黑濛濛。不過藉著遠遠的、不太亮的餘光遠燈，還不至於看不到路徑，況且這段路她

第五章

失卻半身的女鬼

很熟，絕不會有任何障礙物。

田芳音往前的腳忽然頓了頓，明知道絕沒有障礙物的前方路上，怎麼有一團奇怪的東西？這團東西匍匐在地上，與田芳音面對面的方向，緩緩爬行過來……

一面走田芳音一面猜想，到底這是什麼東西？狗不像狗，貓不是貓，也不似小孩子在爬，當然更不像是人，人會這樣走路嗎？

距離拉近了時，田芳音終於看到清楚了，是人！

模糊中，田芳音看到一顆圓形物……因為中間一道白色髮線，才知道是頭頂，兩旁各垂下兩把長髮……原來這人臉向地上，一雙臂膀，呈『く』狀，一伸、一縮，匍匐著一路前行。臂膀如一般成人的長度，所以不是小朋友……可是為什麼要這樣走呢？

田芳音大惑不解，但繼而一回想，她瞭然地對自己點頭，他可能是兩腿不方便吧！

雙方距離再拉近，他兩旁長髮還蠻長，猶如兩根掃把，掃著地上灰塵。這裡光線陰暗視綫不良，晦暗中田芳音發現，原來他是個小女生，就在兩人相距約三公尺左右，女生抬起頭……眼神交會下，田芳音微驚，不覺停住腳。

她尖瘦下巴的小臉上，眼神無助，張嘴蠕動著。她抬起右手對著田芳音，五指一伸一縮，接著她又垂下頭，依剛才的姿勢繼續匍匐地向前爬行而來。

田芳音驚愕的退了一大步，這個小女生艱困的爬行了一公尺多，田芳音旋即走上前，蹲下身好心的問：

「妳需要幫忙嗎？」

匍匐著，臉朝地上的女生的頭，用力點了點，舉起，聲音細弱極了：「拜託……拉……拉我。」

田芳音伸出手，女生猶如抓到一根浮木，緊扣住田芳音溫熱的手。驀地，她整隻手掌，感覺握住冰塊般奇寒無比。這股奇寒，瞬間衝上手臂、竄上肩胛、胸前，導致心口冷顫、戰慄。

接著，女生抬起臉，在這近距離下，田芳音乍然發現——女生小臉上，血水橫流，兩條臂膀滿佈暗黑色、殷紅血水，手指上怵目驚心的滴落著暗黑色血液……

田芳音心驚膽顫的甩手，不料，女生握得死緊不肯放開，所以那股奇寒

第五章

失卻半身的女鬼

源源不斷的竄入田芳音駭異心口。

女生小臉乍然起了變化，兩顆眼球，好像受到過度驚嚇，瞪得圓鼓鼓，張嘴蠕動：

「救我——救——救——我。」

這時，田芳音清楚看到女生沒有下半身，齊腰而斷的腰部後段，好一大段晦暗血水，血水中都是內臟：大腸、小腸、破裂的脾臟、腎臟、不知是子宮或膀胱袋破裂開，紅、白、墨綠色血管、白色脂肪……迤邐、拖行了好長、好長一大段。

渾身顫慄的田芳音，只差沒有昏倒。膽子都飛到九霄雲外去，她用盡力氣，總算甩開女生鋼箍似的冰手，但也因過度用力，她整個人是往後仰倒地坐在地上。

女生依然持續向前爬行，伸長手，就要撈住田芳音的腳。她急忙縮回腳，慌措的爬起來，茫無目標的奔跑起來。

半身女鬼，這時速度突然迅捷的追上來。

田芳音跑了一段，轉回頭看到半身女鬼窮追不捨，再回頭發現前面黑不溜丟，不見半個人影，她更焦急了。

前面是一戶人家的屋子後門，還亮著燈。急切中，她高喊著：

「有人嗎？救命，救命呀——」

「喀啦！」一聲，屋子後門旁邊的窗戶打開來，一張人臉出現在窗口，田芳音衝進前，敲打著窗口上鐵欄杆，蒼惶喊：

「拜託，救救我，趕快開門讓我進去。」

窗內的人猶豫著，田芳音急促報出家裡地址以及她爸的名字，接著回頭望，就怕半身女鬼追上來，結果後面黑烏夜色下，一片空泛。

一會兒，後門打開，她急忙擠進去。

❖

兩天一夜的休假日眨眼就過了，田媽把煮熟打包妥當的食物交給田芳音，還交代她早晚記得添加外套，一個人住要小心門戶，記得關緊門鎖……云云，田芳音只有點頭的份，別的話也不多說。

之前，田媽不至於會這樣，還不都是因為前晚，她去敲鄰居後門求救，剛巧這位林姓鄰居跟田家人熟識。

林姓鄰居問起怎回事時，思緒轉了一大圈，田芳音謊稱下了火車後，後面有個男人跟蹤她……因為她覺得說出實情：『遇到鬼』，肯定沒完沒了。

住家是個樸實的小鄉鎮，住了那麼多年從來沒聽過、遇過、發生過什麼鬼怪事件，說了不但沒人會相信，也許還會被認為疑神疑鬼、亂講瞎掰。

當夜，林家媽媽陪著田芳音回家，田媽媽驚訝問起怎回事，林媽媽照田芳音說的告訴田媽，田媽震驚地轉望田芳音時，她點頭，此外什麼話都不說。

不過，這件恐怖際遇足足侵擾她兩天兩夜，說真的她也不知道怎會碰到這種衰事……到北部上班之後，每逢休假日也常搭火車回家啊，不都沒事嗎？

算了，她不想多談，回想起時她還心驚膽寒。

❖

回到工作崗位，一切恢復正常。

最近工作量增加許多，每值休假日工作趕不出來的就必須加班，包括田芳音也要加班，專注忙碌於工作，田芳音逐漸忘記那起恐怖際遇。

兩個多月後，該趕進度的工作都趕完，田芳音總算鬆了口氣。這週逢清明連假四天，她跟家人打算要到中部出遊，連哥哥嫂嫂、姪子都要一起去，田芳音興奮的期待著。

全家出遊日期訂在周六，除了全家兩天一夜的出遊，她還跟大學同學有約，如此一來，可以享受完整的四天假期哦，所以田芳音打算周五下班，搭夜間火車回家。

所謂心想事成，很快到了周五，田芳音下了班搭上預計中的那班火車，最近忙於工作，兩個多月沒回家。為了這次連休，她好幾天都沒睡好，一上車她就打起盹來。

睡了一覺就到站，田芳音拿起小行李袋，跟著幾位乘客下車。走出車站，迎著夜空，她吸一口久違了的家鄉空氣，感覺特別清爽，心情也整個輕快起來。

從火車站到家裡，沿著鐵軌直行，步行約要十五到二十分鐘。

夜深了，這裡還是一樣人煙稀少，安寧而寂靜。走著走著時，她發現有乘客跟她走同個方向，有個伴心裡踏實許多。

田芳音不疾不徐的往前行，忽然後面傳來一縷呼聲：「田……芳……

音。」

田芳音詫異回頭，剛剛有段距離的乘客，倏忽就在她身後。是個臉龐清秀女生：「妳走錯了，妳家往那一邊才對。」

田芳音一愣，反問：「妳是誰？我認識妳嗎？」

「是鄰居，我們見過一次面。」女生臉容平板，聲音低微。

「鄰居？」田芳音想不起是哪位鄰居，有見過她嗎？

女生抬眼，聲音細弱：「林媽媽……林媽媽家……」

田芳音搞不清楚，接口替她說下去：「妳是林媽媽的女兒？」

女生頭點了好幾次，田芳音繼續向前走，女生跟著她一起往前。

索盡枯腸，到底是哪個鄰居？田芳音還是想不起來，不過也許有可能是住得遠一點的鄰居吧？她不認識對方可是對方認識她。

「妳什麼名字？這麼晚還沒回家？」田芳音問。

「小餘，我媽說生下我是多餘，所以叫我小餘，嘻……」

這時候，兩人已經走到平交道了，遠遠傳來火車奔馳聲響，田芳音轉頭看，口中低喃著：

「奇怪，這時候怎麼有火車？」

說完，她轉回頭，發現叫小餘的女生不見了！她環視周遭尋找之際，火車已呼嘯而過，她看到火車底部沒有火車輪，只有一片白濛濛煙霧……

然後，一道尖刺如鬼的長叫聲，劃破夜空、也劃破她的心口，她整個人驚惶無措，當場發懵！

不知呆了多久，田芳音才回過神來，發現自己手掌冰冷，直冒冷汗。

所以，小餘真的消失不見了，這裡只有她一個人？

夜風襲來一陣又一陣，淒寒、冷冽陰風，田芳音知道要趕快回家，只是雙腿如鉛，腳步緩然，好在她家就快到了。

跌進家門，田媽嚇一跳，田芳音全身冰冷，臉色蒼白，兩眼呆滯。

田媽倒杯熱水，田芳音喝完，在田媽細問下，她斷續道出方才所遇，田媽聽了，皺眉沉聲道：

「前陣子，有個高中女生，回家經過平交道，被火車輾斃。」

田芳音目瞪口呆：「呀，她說她叫小餘？」

「我不知道她什麼名字。她被火車攔腰輾斷，肚破腸流，火車鐵軌、兩旁草叢，都是內臟、血水，拖行了一大段，慘不忍睹。」

記憶一下子都回來了，田芳音絮絮說出前次的狀況，田媽深思著：它拉過田芳音的手，追她到林媽媽家。這次田芳音又遇到，絕不是偶然，可見它在等田芳音。

但田媽沒有說出口，怕女兒害怕，不過田媽心裡已有打算了。

❖

再長的假期，總會結束。懷著盛了滿滿的遊興剩餘的愉悅，田芳音把給帶回北部租屋的窩居。人在租屋內，心卻依舊緬懷著跟家人遊玩、跟同學見面時的談笑內容。

「不行，得收收心了。」田芳音這樣告訴自己，然後，她抽出架上一本翻譯小說：精靈少女，閱讀起來。

這是法國作家Muriel Barbery的著作，她在二〇〇六年出版一本：《刺蝟的優雅》得到文學獎，翻譯成四十多個國家的版本，銷售創下六百萬本佳績，這本應該也很好看。

才翻開書，眼角一閃，好像看到了什麼。她抬起眼，書桌前是個窗戶，外面微暗中可以看到附近的商家霓虹燈、樓上住家的燈光。

這裡是公寓四樓，並非高層樓，視野是還好，安靜不吵雜。，她低眼下望，繼續看書。

好一會兒，聽到輕輕的『喀』一聲。那裡傳來？這裡是四樓，很安全，不會有小偷。

接著持續『喀喀喀』幾聲，田芳音聽到了，在窗口。她抬頭循聲望向窗口……透明玻璃上貼著一張臉，女生的臉，是小餘！

田芳音嚇得起身，倒退之際椅子被撞翻。她手抖腳顫地把椅子恢復原狀，怎麼可能？小餘在南部家附近，怎會出現在這裡？

這時，玻璃窗上小餘裂嘴笑了……

雜七雜八的問題，瞬間湧上田芳音腦裡：她是那個被火車攔腰輾斷的女鬼？她怎麼會在這裡？她要一直跟著我？

同時，兩個月前第一次見到的半身女鬼恐怖模樣也竄入她腦海中。她往下望，看不到小餘的下身，因為小餘的臉貼在窗口最下面的窗框上，但是意志清明的田芳音，很清楚四樓窗口外沒辦法站人，所以小餘不是人，是……

「女鬼」兩個字，她壓抑住不敢想，只是渾身顫慄不止。

接著，小餘嘴巴一張、一闔，在講話？講些什麼？不，別管她說什麼，趕快、趕快……田芳音喘著大氣，勉強往旁移，再向前半步，伸長手，倏地拉上窗簾。

安、安全了。就在這時，窗口又傳來『喀喀……』聲，然後，傳來細弱聲音：

——我是小餘，小餘來找妳，開，開，開……

田芳音立刻把天花板、書桌上的燈都按滅了，鑽進被窩，拉緊薄毯把自己蒙頭蓋上。

喀喀聲、說話聲，終於安靜了，好一會兒，田芳音探出薄毯，臥室內只有她自己濁重呼吸聲，她告訴自己，小餘消失了。

就在這時，房門的敲門聲響。她差點尖叫出聲，忙掩緊嘴，正待不理，但敲門聲居然持續不止。

誰？田芳音不得不下床起身，先開燈，再打開門……看不到人吶。

屋子是很長的長方形，走道在右面靠牆這邊，被隔五個房間，每間房都有一個窗戶，走道盡處是公用的浴、廁，田芳音租的是第二間。往右看，可以看到樓梯、以及第一個房間，向左可以看到長長廊道，而這時的走廊靜悄悄都沒人！

就在田芳音準備關上房門之際，睡褲下角，被拉了一下。

她俯頭一看，赫！小餘趴在地上，拉住田芳音的睡褲一角，此處的走廊並不暗，她清楚看到小餘只有上半身，腰際以下是空的，只是這會兒她下半腰沒有血水、沒有拖曳著噁心的內臟……

田芳音不敢大喊，只驚愕低吼一聲，忙亂的把房門掩上、上鎖，人則退到書桌邊，按住胸口喘氣……

「開……門……小……小餘……來……找……」

細弱聲音，不斷的傳來，田芳音以為安全了，但是，就在她眼前的房門板底邊，突出個小圓圈，小圓圈變大、幻出一顆頭，赫然是小餘的頭、臉，繼而是頸脖、肩膀、上胸……接著小餘整個上半身鑽出門板，手成『く』字形，爬了進來。

「走開，妳走開，不要來……」田芳音聲淚併下，轉身抓起桌上的塑膠尺、筆、擦布，丟過去。

但是，丟過去的東西，穿透過小餘，碰擊到門板掉到地上，對小餘起不了作用，她還是繼續爬過來。

田芳音退無可退，最後跳到床上，縮退到床角。

小餘轉個方向，向床爬過來，舉起手，細弱而哀戚地看著田芳音：

「拜託……拉……拉我……」

「不，不要，走開！」

小餘攀上床沿，手伸的長長地一下子就勾到了田芳音的腳趾頭，田芳音急忙抽回腳，在此同時，她身上爆射出一道光芒，照射得小餘往後彈，小餘化成一縷黑煙，伴隨尖銳淒厲鬼聲，同時消失在空中。

田芳音環視周遭，她消失了，抹掉眼角珠淚，田芳音緩然拉出頸脖掛著的一枚護身符，那是田媽去寺廟求來，特別交代她務必戴緊護身符。

想不到，竟然奏效了。

❖

即使半身女鬼無法靠近田芳音，但是它卻死纏爛打，只要中午一過，它隨時會出現騷擾她：在公司搭電梯時；下班走在路上；或在租住家，它都會出現，奇怪的是，只有田芳音看得到它，她問同事、朋友，完全沒有人看的到它。

田芳音跟田媽電話聯絡談起這情形，田媽只能再去寺廟求護身符，還專程送到台北。剛開始半身女鬼不會再出現，可是消失了兩、三天，它又出現在田芳音的周遭。

這讓她很苦惱，卻一點辦法也沒有。因此，田芳音明顯消瘦下來，精神不濟，上班時的午飯休息時間，她都得小睡，下午的工作才有精神繼續。

有一天，田芳音上網瀏覽網路，突然靈光一閃，想起以前在校住宿舍時，有一陣子同學們很流行說鬼故事，常提到網路傳聞的諸多鬼故事。

想到這裡，田芳音立刻搜尋鬼故事，結果按出一列日本都會鬼傳說的訊息，其中有一則報導：「據說有人深夜走在鐵軌上，就遇到一個在鐵軌上努力爬行的，沒有下半身的女鬼。」

想不到日本也曾發生過這種事，她喜出望外，這正是她要的。於是，她馬上按進去了解。

裡面報導非常詳細，說晚間有人搭火車，去車站女廁時，遇到在地上爬行，只有半身的女鬼；還有女鬼沒有下半身，所以她會趴在鎖定之人的肩膀上；還有……

許多傳聞，看得田芳音眼花撩亂，但她的重點是想查看有沒有化解，可以擺脫女鬼的方法。

查了很久，最後她終於找到了一個方法，不過要實行起來恐怕不容易。但不管怎樣，她還是想試試看。

這天下班後，她到迪化街把所需要的物品買齊了抱回家。回到家登上四樓，遠遠的長通道上，有一團匍匐在地上的物事，她垂下眼眸，心知肚明的避開視綫。

剛開始乍見半身女鬼時她相當驚恐，當女鬼一再出現，意識到女鬼無法靠近她也不會傷害她，恐懼的細胞已經都被消耗殆盡，她變麻木了。

進房內，打開袋子，她開始忙碌起來……將近十二點，才把布偶縫製完成，然後她趴在書桌上，沉思著……把印象中的半身女鬼的臉龐，繪製在紙板上，臉龐兩邊，各黏上兩股黑色線條當頭髮，再整個貼緊在縫製妥當的布偶上。

舒口長氣的端詳著……布偶形狀是趴著，只有上半身，微微抬著頭，雖然製造粗糙，但還算差強人意！

這時天色趨近破曉，雖然通宵達旦的忙碌一整夜，不過興奮之情支撐著，讓她忘記勞累。

鬧鐘跟平常的上班時間一樣準時響起，田芳音迷糊的按掉鬧鐘，累得沒辦法去上班，想了想，她抓過手機，發了一通簡訊給一位同事，請她代向主管請假半天，才又倒頭睡下。

這一睡直到日上三竿，田芳音才醒過來。下午她帶著惺忪、憔悴臉容去上班，同事、主管看了都關心的問候，說生病就在家休息不要硬撐。大家都知道芳音這個人做事很認真，平常不遲到、早退，請假更是稀罕事。

半天班一眨眼就過了，下班時間到了，同事們代她攬起未完的工作，叫她早些回去休息。

田芳音先吃晚餐，回家時已是華燈初上，路上車水馬龍，她停在一處十字路口上，赫然發現到她出現在斜對面，匍匐地穿越過行人、車子，往她的

第五章

失卻半身的女鬼

方向爬行而來。

行人、車子、周遭環境在田芳音眼中，幾乎都是幻象，她直視著它，它爬行一半，特意抬頭，陰森眼眸對上了田芳音……

到家後，田芳音一面計量；一面動作緩慢的打理平常事態，首先拿下頸脖上的數枚護身符藏好之後準備洗澡。

洗完澡，她小心翼翼轉出通道，一眼就看到前方，第二間房門口地上有一灘烏黑……

來吧，就等妳。才這樣想完，她忽然覺得自己何時變這麼勇敢？不過不勇敢也不行，媽媽遠在南部，朋友、同事又無法幫忙，她只能單獨面對。

當她慢慢走向自己房間之際，那灘烏黑已漸漸蛻變……幻變成小餘恐怖模樣。

田芳音瞇閉左眼，靠右眼盯右牆，盡量不看它，沿牆將近房門後突然加快腳步，衝進房內，迅速關上房門。

❖

停頓不到五秒，田芳音立刻放下手邊臉盆、毛巾，抓起布偶，同時關上燈……

因為護身符不在身上，小餘可能隨時會爬進房來。

一切安寧無聲，只聽到自己砰砰然的心跳聲，好一會兒，田芳音上床假寐，布偶還是緊攬在懷裡，又過了很久……緊張使田芳音乏累，睡意不知覺襲了上來，她居然睡著了……

睡夢中她在走路，環視周遭她發現自己走在鐵軌旁，這不是……在南部家裡的鐵軌嗎？

「跟我做伴好不好？永遠陪著我好不好？」

回頭望去，小餘在她身後，細弱的說，這時的小餘是正常的，她站的挺直，手牽著腳踏車，書包、外套都放在腳踏車上。

「我媽不理我，我很孤單，真的，沒騙妳。」

田芳音不置可否。

小餘露出可憐兮兮的表情，細弱聲又響：

「其實，我故意的。我想嚇我媽，如果我發生事故，缺手斷腳的，我媽會多關照我，我要引起媽媽注意我。」

田芳音依舊無語。

「欸，我……」小餘搖頭，雙眼貯滿的淚水，潸然而下。接著，立刻抹掉淚水，她甩頭，現出狠戾眼神：「我還是一樣，不被關愛，我已經習慣了。」

很想安慰它幾句，但是，田芳音完全無法回應，只呆愣看它、聽它說。

「妳的手好溫暖。」小餘牽出嘴角紋路，表示它在笑：「只有妳肯主動關心，願意幫忙我，呵……跟我做伴吧，我喜歡妳。」

它說的是田芳音第一次在回家路上遇到它，可是那是誤打誤撞呀，田芳音吞嚥著口水：

「任何人都會願意幫忙……」

「不，」小餘搖頭，恨聲道：「我在那裡遇到過許多人，看到我的人幾乎都跑掉了，有一次遇見我媽經過。」

「呀，遇到妳媽？妳一定很高興……」

「她看到我，頭都不回的拔腿狂奔。」

小餘瞬間兩眼爆迸出血水，提高憤恨分貝，現出它的鬼貌原形，嚎哭大吼，田芳音嚇得往後退縮，小餘卻逼近，伸手握緊田芳音的手……

田芳音嚇醒過來，看到自己躺在床上，悟到原來是一場夢，但是陣陣冰寒傳導到她的手、竄上臂膀、肩胛。

她低眼看到自己的手，被一隻鬼手緊握住，她驚惶叫著，急忙坐起身，小餘的半截身軀坐在床沿上，尖瘦小臉猙獰地死死瞪住她。

唉唷，已經計量好了的計策呢，全亂了套。急迫間，她空著的手從床鋪裡面拉出那個半身布偶人形推送給小餘。

小餘詫異的頓了頓，田芳音趁隙把手抽回來，接著整個人急閃向床尾，兩手撐住布偶，再次推送到小餘面前。這節骨眼，田芳音顧不得什麼慈悲心，她不留情的大聲道：

「看清楚，它就是妳，它陪妳，只有它可以陪妳。走開，妳趕快走開。」

看清布偶，小餘整個都呆愣了，嘴巴蠕動，聲音細弱，低喃著：

「這麼醜？我這麼醜？好醜……」

隨著它細弱的低喃聲，同時它的半截身軀，打底邊慢慢、慢慢消失……終於完全不見了。

❖

過了一個禮拜的週六，田芳音搭早上的火車回家，下午兩點多就到站，沿著鐵軌經過平交道時她只看一眼鐵軌，心口平添諸多感慨。

到家後，田芳音把自己突發奇想、製作布偶的經歷，以及夢裡小餘跟她訴說的內容，一股腦告訴田媽。

「媽，我要不要去找小餘的媽媽，跟她說……」

田媽嘆口氣，搖搖頭，原來小餘也是個可憐兒，只是各人有各人的業力，誰都無可奈何。

「最近呢？它還來騷擾妳嗎？」

田芳音搖頭，田媽這才放下心：

「沒有就好，我們只能盡心而已。改天妳把布偶帶回來，我燒化給小餘，送給它做伴吧。」

事實上，亡故了的小餘，需要伴嗎？這是個未解題。

毛骨悚然的
臺灣靈異
事件

第六章

預見

有時候，人有預見的能力，到底是好還是不好？

鄰居蕭莉安的解讀是：非常不好。因為如果是好的話，那我弟弟就不會慘死，這件事害我內疚一輩子，我始終無法原諒自己。

接著，蕭莉安含著兩淚，問道：「這也可以算是鬼故事嗎？」

我猶豫了一會兒，低聲回道：

「我不知道，我先擬綱要給出版社評估看看再說。」

「很希望可以把我這段事件紀錄出來……」

這個不可思議的事件，於是誕生了。

❖

蕭莉安是蕭家長女，高職畢業後很快找到工作，開始過著有規律的上班族生活。

去年她弟弟蕭克漢接到兵單，入營報到後要先受訓三個月，受訓完有好幾天的假日，於是蕭克漢悠哉的回家休假。

最疼愛蕭克漢的蕭奶奶最高興了，緊拉住寶貝孫子，端詳說他曬黑了，還問東問西。蕭媽媽在一旁，聽的都笑了：「媽，當了兵孩子才能成長，我知道您擔心克漢，不過您看他是不是比之前更壯、更結實了？」

蕭奶奶上下打量著蕭克漢，捏捏他的臂膀，深有同感的認同。

「所以媽您不必擔心，經過鍛鍊孩子更堅強，您不會希望一陣風吹來，克漢就被吹跑了吧？」

蕭奶奶點頭，克漢乘機站起來，假裝有風吹來，他就左右搖晃著，惹得蕭奶奶和蕭媽媽大笑。

一旁的蕭莉安瞥一眼他三人，忍不住酸言酸語：

「是喔，妳們眼中只有克漢，都當我是隱形人啦。」

蕭克漢連忙坐到蕭莉安身邊，倚在她臂膀：

「姊，別吃味啦，我知道妳也很疼我，對不對呀？」

假裝手臂的疙瘩都站起來，蕭莉安推開蕭克漢，環抱著雙臂，身子顫抖著。

「克漢，姊姊吃醋，你過來讓奶奶抱抱……」蕭奶奶伸長枯瘦的雙手。

蕭克漢就是不想被當三歲小孩，才故意裝瘋賣傻的做出被風吹樣子，這會兒奶奶又來了，他連忙尿遁離開客廳往後走。

❖

時間過的很快，一轉眼假期已近尾聲，蕭克漢想到明天一早就得入營報到，不曉得為什麼，沒來由突然興起一股低落情懷。

今天適逢週日，午飯過後大夥在客廳閒聊一陣就各自回房休憩。蕭莉安也在家，平常上班沒有午睡習慣，她就拿了一本書在看。不知道看了多久，想如廁，便放下書往屋後走。

經過蕭克漢的房間，房門沒有關，蕭莉安以為他沒有入睡，不經意探頭看了一下，張嘴想喊他……

入目之下，她有點發呆，蕭克漢似乎是入睡了，可是他睡相很怪異：他仰躺著，臉別過一邊；兩腿大開而反折；一手橫在胸、一手往上，也是反折。

突然一股意念竄入蕭莉安腦裡：

——怎麼睡成這樣？好像一具屍體。

輕一搖頭，蕭莉安繼續往屋後走，如廁後又回房間繼續看她的書。

為了次日蕭克漢就得入營報到，這一去，短期內是無法休假回來，因此蕭爸爸帶全家人上館子，席間奶奶不勝依依。坐她旁邊的蕭克漢，向來喜歡搞笑，就說了一些笑話惹奶奶開心。

蕭爸爸、蕭媽媽當然也交代兒子，軍營不比在家裡安逸，要順從、聽長官的話、要跟同袍和好相處、不能怠惰……云云。

「齁！爸，我知道啦！又不是三歲小孩。」蕭克漢滿嘴都是肉，口齒不清的說。

「嗯，知道就好。」蕭媽媽接口，說：「要好好照顧自己喔，天冷了，記得加外套啦。」

嘴巴不得閒，蕭克漢只能一逕點頭。

奶奶自己吃不多，卻拼命夾肉給蕭克漢。蕭克漢都快受不了了，他吞下滿嘴雞肉，向奶奶道：「好了，奶奶，妳自己多吃一點，不要再夾肉給我。現在軍營裡的伙食都超棒，搞不好還比家裡豐盛哩。」

蕭莉安又在一旁發酸，奶奶聽不下去，手上筷子轉個方向，改放進蕭莉安碗裡，害得蕭莉安大驚失色，急忙躲開手上的碗：「喔喔喔，拜託，不要。奶奶，我在減肥吶，吃下這些雞皮，唉唷，我體重會繼續上升幾公斤。」

「健康最重要，想起以前那年代，我們沒得吃，一個比一個瘦。」

蕭媽媽聽得都笑了：「媽，時代不同了，現在的年輕人營養都過剩了。」

「是喔，提起以前，你們哪知道我那時的清苦。」奶奶瞪一眼蕭媽媽。

蕭爸爸吞下一口湯，接口說他記得當時的情形，奶奶都把少許的肉留給家人，她自己則是菜汁配一碗飯。

兒子窩心話，惹得奶奶心情舒坦極了，只要兒子記得母親的辛勞，她的辛苦就有代價了。

一頓飯，吃的全家人其樂融融。

❖

週一，又是個循環復始的日子，一大早大夥出門，各忙各的直到黃昏，才陸續回家。蕭媽媽在廚房準備晚飯，蕭爸爸還沒回到家。蕭莉安一踏進家門，就聞到一股菜香味……

忽然，蕭莉安眼尾被角落一個物事吸引了。她沒有開燈，春季的六點多室內天色相當晦暗。此外，有一股惡寒向她襲過來。家中不可能這麼冷冽，可是蕭莉安轉眸望向角落的剎那間，渾似掉入冰窖裡，晦暗的角落沙發，在晦懵中坐著個不清晰的人影，人影線條很模糊……

第六章

預見

眉頭不知覺的攏聚，雙眼睜得圓鼓鼓，蕭莉安還是看不清那是誰！目瞪口呆的她，正欲出聲之際，眼睜睜，看到人影模糊的線條，逐漸加寬、變淡……終至以噴射式，整個人影幻化、消失在空氣中。

忽然，電話聲突然響起來，蕭莉安驚魂甫定的乍然清醒，手上包包不知何時早掉落在地板上，她低頭看一眼包包，想說剛才居然沒聽到包包掉落聲響。

這時，冰寒之氣略為消褪，客廳內的光好像也明亮了一些些。電話放在角落沙發旁，持續在響的刺耳聲，猶如催命鬼聲。

猶豫了數秒，蕭莉安快步走向角落，拿起聽筒，對方傳來陌生粗壯男音：

「請問，是蕭家嗎？」

「是的，請問您哪位？」

「那，蕭克漢……」

蕭莉安冒上一股不祥之感，她口吻慌措的截口：「是，他是我弟弟……」

「他，哦，我這裡是ＸＸ醫院，他發生車禍被送過來。」

「呀！」蕭莉安聲音拔高，：「他現在怎樣了！」

「嗯，情況不太樂觀……」

這時，大門被打開，蕭爸爸走進來。看到蕭莉安臉色發白，嘴巴大張著，握住話筒的手在發抖。

「是誰啊？」

蕭爸爸闔上門，放下公事包，走過來時，看到蕭莉安鬆開話筒，整個人癱倒在沙發上。蕭爸爸連忙上前，看她一眼，抓起話筒，喂了幾聲，瞬間臉色發白，這時候，聽到客廳有聲音，蕭媽媽從廚房走出來，溜一眼周遭，露出詫異神色。

蕭爸爸身軀搖晃了一下，放下話筒，聲音沙啞：

「我……莉安！我要趕去醫院。」

蕭媽媽忙問道：「醫院？怎麼回事呀？」

頭部又襲來一陣暈眩，蕭爸爸身軀晃動著，他勉強站住：

「剛才醫院打電話過來，阿、阿漢發生嚴重車禍，在醫院。」

蕭媽媽臉都變色了，急忙褪下圍兜：「我也要去！」

蕭爸爸看一眼通道中的房間，聲音壓的低低，鎮定的發號施令。

「不，妳留下來，千萬別讓媽知道。」

蕭媽媽眼角泛著水光，急急說：「不，不，我一定要去。莉安留下來。告訴我，有多嚴重？是怎樣？要不要緊？」

「先不要自我想像，我去看看再說，我再打電話回來。」

父女倆準備妥當，出門前，蕭爸爸再次交代妻子，務必不能讓媽媽知道。

❖

趕赴醫院，兩父女被引到地下室。被隔成幾間的地下室，雖然有照明，但卻仍顯得陰幽、黯淡。

走進白色布簾隔成的最末一間，穿過一座小廳，筆直走進去。這間最大間，一張大面積的鋁床板，上面一條白色布簾，布簾覆蓋住的底下，形狀非常怪異。

引導他倆父女的人，上前掀起白色布簾一端，入眼之下，蕭爸爸、蕭莉安惶措而驚愕……

那，是個人體嗎？

被削掉一半的臉，只看到半顆眼珠、鼻子、下巴，兩隻手臂，一手橫在胸前；一手往上反折，好像被硬生生扭折成九十度；腰部嚴重歪扭，導致雙腿劈開，大大呈反折模樣。

「天呀！到底怎回事？我……我的孩子……怎變成……天、天呀！」

蕭爸爸當場崩潰的軟倒在地上，哭天搶地，泣不成聲。蕭莉安扶住蕭爸爸，可是她渾身劇烈顫抖，也快倒下去。

蕭莉安椎心痛極的思緒，眩轉不已——昨天下午，經過蕭克漢的房間時，就是看到他這模樣呀！

記憶清晰的浮起，當時還在想，這睡相好像一具屍體。

而今、而今居然真的是一具屍體！

難道這是給她的警訊？早知道會這樣，是不是應該阻止他回部隊？

想到這裡，深切後悔的情緒，變成一把刀，將蕭莉安的心一刀劃開，血淋淋地持續被千割萬剮……

❖

蕭家陷入一片低迷、慘痛的氛圍中。最難受的是不能光明正大地哭泣、傷心，尤其接觸到奶奶詢問似的話語、眼神，每個人都不得不假裝強顏歡笑。這一來，更令奶奶疑惑，奶奶畢竟上了年紀，經驗老道，她微微嗅到那股深黑色、有似鬼域的那團看不到的氛圍。

最明顯的是蕭爸爸頹廢得像一頭喪家敗犬，跟他講話都神情呆滯；蕭媽媽煮的飯很難吃，有時忘記放鹽巴、有時沒煮熟、有時煮過頭，變成一團稀巴爛，只能倒掉的廚餘。還有，蕭莉安請假在家，每天幾乎足不出戶，一開門就往外衝，奶奶喊她，她都當沒聽見。

總之，這片詭異遮蓋住蕭家上上下下每個人，到後來奶奶懶得問他們。像今天，明明知道兒子請假在家，午飯過後竟然全家出門去了，奶奶癟著嘴，自顧進房午睡。

「叩叩叩。」睡到一半的奶奶被怪聲吵醒，她輕悠悠地坐起來，忽然看到蕭克漢推開門跨進來。

「耶？這不是我的寶貝孫子嗎？呵呵……什麼時候回來了，也不說一聲。」

蕭克漢一頭投入奶奶懷裡撒嬌，像小時候那樣，每次被蕭媽媽罵就來找奶奶，奶奶高興地攬住寶貝孫子。

「咦？身體怎麼那麼冰？沒多穿件衣服呀？齁，這個女人很不會照顧孩子。待會我罵她，好不好？」

蕭克漢沒有回話，只是撇歪著頭不斷磨嚓著，不管奶奶怎麼問，它始終沉默著，只是一味磨賴著奶奶。

最後，奶奶受不了，說：「怎麼回事？大家都不理我。阿漢，你爸、你媽、你姊都不理我，你可不能不理奶奶喔。」

蕭克漢還是沒回話，奶奶動怒了，推開蕭克漢，大聲斥罵幾句，只見被推開的蕭克漢，往後仰跌在地，瞬間他的額頭、臉被削掉一半，四肢扭曲、彎折的不像話，

她驚駭地醒過來……是夢？

奶奶額頭冒冷汗、心噗噗地跳個不停，連同眼皮也不斷的抖跳著。她顫巍巍的下床，在整幢屋內繞了一圈，包括客廳、房間、廚房……

最後乏累的落座到客廳，老臉上因為皺起眉頭，皺紋更多了，回想剛剛的夢境很逼真吶，她端詳自己的手，方才擁抱蕭克漢的感覺還在，是怎回

事？疑惑一來，奶奶連想起許多，家人不對勁的地方。

「難道我的乖孫……出事情了？」

——哦……嗚……呼呼……我，痛，痛呀。

房間突然傳來低弱呼聲，奶奶倏地站起身，往通道走……四間房間全尋視一遍，偌大屋子只有她一個人，可是那聲音奶奶聽得清楚，分明是她熟悉的……這時，客廳傳來開門聲音、以及陸續走進來的腳步聲，奶奶杵著凝神不動。

「好了，到家不要哭。」是蕭爸爸的聲音。

奶奶搖頭，方才喊痛聲音，不是兒子的。

「嗚……你還有良心嗎？叫我不要哭，我還想跟著去死。嗚……」是蕭媽媽。

「媽，節制一點。爸跟我也很難過，可是……咦？奶奶呢？不要被奶奶聽到了。」是蕭莉安，儘管她音量放低，站在通道上的奶奶，還是聽得一清二楚。

一會兒，蕭莉安向通道走過來，乍見奶奶，她嚇一大跳，奶奶冷著臉，往前進一步，蕭莉安就後退一步，兩人退到客廳，蕭爸爸笑得很假：

「媽，妳午睡醒過來了？」

奶奶冷肅坐到沙發，示意兒子、媳婦也坐，蕭媽媽早擦乾淚水，拉開嘴邊笑紋。

「說吧，阿漢出了什麼事。」

兒子、媳婦、孫女，三個人全都錯愕表情，絞緊眉心，蕭爸爸呵笑想圓謊，奶奶混濁老眼一一看著他三人：

「剛才，」奶奶猛吸口氣：「阿漢回來看我了。」

此話一出，蕭媽媽心被猛刺、一口氣上不來，往後仰昏厥。蕭莉安上前扶住、大喊媽媽，同時淚水迸出眼窩，另一旁蕭爸爸隱忍許多的淚水，剎那間潰堤……

家人最擔心的奶奶，出乎意料之外，反比所有人都冷靜，她白眉深鎖：

「既然事情已經發生了，早晚我都會知道，你們不應該隱瞞，不該不讓我去看看阿……阿漢。」說到後來，奶奶神情、舉止不變，但是聲音哽噎、淚如瀑布狂瀉。

第六章

預見

「媽，」蕭爸爸上前，跪倒在奶奶膝前，萬分不捨的圈抱著她：「我怕妳身體承受不住啊。」

「這什麼藉口？當初你爸死的時候，我還不是挺直腰桿，把你養大？說！到底怎麼回事，你原原本本給我說出來。」

蕭爸爸一面哭、一面說，而今天是蕭克漢的頭七，他三人去殯儀館祭拜，卻沒料到，蕭克漢會回家探望奶奶。

蕭爸爸說完，奶奶才道出夢中所見，以及聽到喊痛聲音。這時蕭媽媽醒過來，還是哭成淚人兒。

蕭莉安接口說出，這幾天她一直看到蕭克漢出現在客廳，有時睡到一半，耳際還傳來細微的喊痛聲響。

「妳怎麼不早說？現在你們去殯儀館看看阿漢有什麼問題啊！」

送走蕭媽媽、蕭莉安，奶奶這才頹然仰倒在沙發上，蕭爸爸吃一驚，急忙問她要不要緊？要去房間休息不？

奶奶閉上眼，搖手，示意兒子自己去休息，蕭爸爸想不到，上了年紀的媽媽，竟然比他堅強。

殯儀館負責人姓李，他正忙著時，看到蕭媽媽和蕭莉安，不禁咦了一聲：「兩位，有事嗎？」

殯儀館有許多禁忌，例如：回家、又來啦、祭拜過了……等等，有些話不宜說，因此，李先生說話很小心，免得觸犯。

蕭媽媽點頭，打個招呼，直接表明要再去看兒子。李先生領著一名館內工作人員，說他目前不得空，沒法陪她們倆，介紹這位叫阿發的跟著她們，有什麼問題可以讓阿發處理。

冰大體的室內，冷颼颼、陰魆魆，不過蕭媽媽兩人完全不感到冷。

推開厚重的冰櫃大門，迎面一陣陰風襲來，阿發輕顫了一下。

蕭媽媽走到蕭克漢冰大體的冰櫃前，合掌默禱，先說出它剛回家，奶奶也知道它的事，現在想問它，是還有事要交代嗎？

這時，阿發渾身顫抖的很厲害，蕭莉安看他一眼，這才發現他很年輕，頂多三十出頭吧，他嘴唇都發紫了。

蕭莉安輕聲問道：「阿發，你會冷？」

阿發點頭，又搖頭，蕭媽媽聽到女兒的話，轉回頭看一眼阿發，說：「你不舒服？不然你出去吧。」

「我……」阿發看一眼冰櫃小門，向蕭媽媽道：「兩位可以跟我出去一下嗎？」蕭媽媽點頭，阿發把她倆引進會客室，倒了三杯熱茶，三人各一杯，暖身後，阿發敘述道……

原來，阿發是新進員工。一週前，醫院把蕭克漢遺體送來殯儀館，是阿發接手的。當夜，他依照訓練時的程序，當夜用水把遺體清洗乾淨，穿上喪家準備的衣服，再把遺體推送進冰櫃。

昨夜算是晚班，今天他是過午的班。他想安心睡晚一點，但是睡夢中有一陣陰靈寒風吹拂得他醒了過來，抓過鬧鐘一看，清晨快五點，距上班還早咧……就在他想繼續睡時，驀地發現床尾，坐著一道影子。

這宿舍只住他一個人。那……是誰？

當他浮起疑問時，影子凌空上升，同時頭部悄無聲息被斜削掉一半，那一半朝他飛過來，睡意一下子跑光，為了躲閃，他滾下床看著人影。倏然，人影旋轉成正面，臉上只剩一隻眼球，在短短不到十秒內，它伸長四肢，只聽連續「啪！」聲響起，張開的兩腿反折、手反折在胸、一隻反折手往上。

「好痛——痛唷——痛——」震天賈響的鬼嗥聲，快震破阿發耳膜。他手腳並用，連滾帶爬，滾出宿舍。同時他認出來，它，是他昨晚清洗的那具大體。聽罷，蕭媽媽和蕭莉安只覺心中一陣寒碜，心口更痛了。

三個人再次進入冰大體室內，阿發拉出冰櫃，蕭克漢全身罩了一層白色碎冰，看它栩栩如生的臉龐，不知道為什麼，蕭莉安竟然產生害怕之心。

阿發在蕭媽媽示意下，把大體挪出後細細檢視，發現它手、腳反折處的關節，都沒有給對正。這可是他們殯儀館的責任，於是阿發費了工夫，小心而仔細的板回反折處，對正關節。

蕭媽媽不能拜晚輩，就由蕭莉安根據蕭媽媽指示，向它焚香，默禱道歉，並擲筊杯詢問。它給了一個聖杯，總算把事情解決了。

末了，蕭莉安說，她想不通，平常很熟悉的家人，一旦亡故了，居然會害怕。

正確的解釋，應該是：畢竟，陽間的人和陰界的靈，是有界限的。

第七章

靈異樹葬

萬籟俱寂，不只是大地，連大多數的人們，都陷入安眠中。

方淑貞下了大夜班回家，已經很晚了。她把摩托車停在家門前，熄火。抬眼往上望，黑呼呼地一片，她住四樓，兒子和女兒明天還要上課，這會兒一定都進入夢鄉了。

兒子林宣豪剛升高二，為了減輕家中負擔，下課還去打工。方淑貞縱有不捨，但卻也無奈。

眼尾旁乍現閃芒，一閃而逝，循著閃光，她轉頭看。不遠的大門外一株槐樹，樹上葉子輕輕顫動著。

是一團黑影掩在樹枝中？方淑貞瞇眼仔細看，看出原來是樹端的羽狀複葉，太過密集，擠聚在一起，剛才的閃芒，是葉片的反光。

收回眼，方淑貞低頭，由包包內掏鑰匙……忽然，背後襲來一股冷風，她不自覺地轉頭，環視周遭。

怎會傳來這陣怪風？只見漆黑夜色下，一片安謐。

方淑貞打開大門走進去，關上門後，一個暗淡黑影，由樹端繁密的複葉間，沿著樹幹，緩緩而降……

❖

鬧鐘吵醒了酣睡的人，林宣豪先起床，打理好自己，再去敲妹妹林宣英房門。林宣英出聲回應，但動作卻超慢，是林宣豪一再催促，還下了通牒：「妳快一點好不好，不然妳自己去吃早餐，我先走了。」

「媽！妳看哥啦……」

林宣英居然拿出殺手鐧，討救兵。比較懂事的林宣豪慌忙轉回身，緊緊掩住妹妹嘴巴，低聲道：「給我小聲點，媽昨天上大夜班，妳……」

林宣英被捂緊，很不舒坦，伸手掰哥哥的大手：「好痛哩，放開啦。」

「妳再大聲叫，我會捂更緊……」

林宣英點頭，林宣豪這才放開手，睜圓大眼，低聲告誡道：「已經上國中，不要以為自己還小可以亂耍賴。爸已經走了，媽媽賺錢很辛苦，拜託妳懂事點好不好？」

提起爸爸，林宣英撇著嘴，眼眶微紅。

家裡就爸爸最疼她，她可以任性的撒嬌撒賴，哥哥看不過去會教訓她。她一出聲，爸爸馬上會制止哥哥，她因此更囂張了。

看到妹妹眼眶發紅，林宣豪忍不住泛起酸楚。但畢竟是男生，他咬緊牙根，舉步走。林宣英不情不願的背起書包，跟上林宣豪的腳步。

兩兄妹走到客廳，身後傳來媽媽方淑貞的呼聲：「宣豪，等一下。」

兩兄妹一起回頭，林宣豪愧疚地回：「媽，抱歉，把妳吵醒了，都嘛是妹妹啦。」

「我哪有！」林宣英瞪一眼哥哥，大聲回。

方淑貞搖頭，伸手抹著眼角：「這個周末，你有排打工時間嗎？」

「應該有，我不太清楚，都是店長安排的。」林宣豪點頭。

「可以換嗎？」

「應該可以，怎麼了？」

方淑貞打個大哈欠：「清明節快到了，我們要提早去看爸爸。」

林宣豪點頭，兩兄妹向媽媽道再見，出門上學去了。

去年，林慶杰肝癌病故，因為考量金錢問題，一切從簡。方淑貞為丈夫舉辦樹葬，地點就在三芝公墓樹葬園區。

❖

很快的，一轉眼就到周末，方淑貞跟同事調班。林宣豪也跟店長喬好打工時間，一家三口準備妥當，出發搭捷運到淡水站，再換車轉往三芝。

這線比較僻靜，乘客不多，林宣英跟媽媽坐，林宣豪在靠窗位置。車行之際，窗外海景好美，波浪輕觸岩礁激起的浪頭，翻白、退回海裡，正像人生的起起伏伏。

不到一年，突發的大事讓家中大亂，也迫使林宣豪快速成長。父親病歿，家裡頓時失去經濟支柱，好在家裡還有一點存款，加上媽媽繼續工作，林宣豪認為自己是長子，不能推卸責任，幾次跟媽媽商量，並保證絕不會荒廢學業，媽媽才答應讓他去打工。萬一不行，就得以學業為主。因為有這樣的約定，所以林宣豪很拚，打工、課業兩者他都盡力做到最完美。

忽然，林宣豪感受到一對如芒似刺的視綫，讓他很不自在。

收回眼，林宣豪轉望車子前。突兀的一愣，他發現前面第二排，一張臉龐冒出座椅背，盯視著他……

那是一張女生臉龐，她雙腮削瘦，尖細下巴，一對骨碌碌大眼顯得特別大。

林宣豪攏聚眉毛，哪有女生這樣看著人！是自己臉上有髒東西嗎？他伸手把整張臉摸一遍……沒有哩！

女生突然露出白牙淡然一笑，接著她臉龐往下縮，轉回頭坐正。

林宣豪撇歪一下嘴角，再次轉望窗外。

終於到站了，林宣豪下車，經過前面第二排座位，他不經意地轉頭卻發現座位是空的？

剛剛那個女生咧……可能在前站下車自己沒注意到吧？

到櫃台登記後，方淑貞和林宣豪、宣英往園區而去。這時，偌大園區三三兩兩有些家屬也是提早來弔唁親人。

林慶杰的骨灰，就散在一株以槐樹為主的邊邊，此處的園區，海風強勁，帶著鹹鹹的海風，似乎讓人心中平添了幾分沉重。

儘管方淑貞母子三人，事先說好不可以哭，要化悲傷為力量，繼續過日子，免得讓爸爸擔心。可是，弔唁完母子三個人還是眼眶都泛紅。方淑貞偷偷擦掉眼淚，被林宣英看到了，她向女兒解釋說，是因為海風的鹹味讓她眼睛不舒服。

林宣豪聽了，只有淡淡的笑笑。一轉眼，呃？他心中微微一驚！不遠處，背著海風站了個女生，她正是林宣豪在車上遇見的那個女生，她雙腮削瘦，尖細下巴，骨碌碌大眼，還是一樣緊盯住林宣豪。

突然，林宣豪臂膀被人一拍，他回過神，林宣英揚聲道：

「哥，走了啦，媽媽都走遠了。你在看什麼？那麼出神？」

林宣豪無端臉紅心跳，急忙跟上前。走到一半，又轉回頭，那個女生已經不見了。

他不死心，環視周遭一遍。沒有，完全沒有她的身影。這時，三三兩兩的家屬，零星散走著，林宣豪猜想，她應該跟家人回去了吧？

❖

這一天，林宣豪輪到小夜班，下班時已很晚了。他交接好收拾一下，走出店外。轉向右側巷口，他跨上腳踏車踩下踏板，踏板卻踩不動。

「齁，沒這麼倒楣吧？車子壞了？」

他低聲咕噥，正要收腳之際，後面突然傳來輕微脆響：「嗤……」

他轉回頭，整個人倏地昏懵了。唯一記憶所及，是她的臉。

那天去弔唁爸爸時，兩次碰面的那位女生，她雙手拉住腳踏車後座，露出頑皮笑容。她穿著制服，名牌上繡著：XX高中，高一，溫明月。

「妳……」林宣豪既意外又驚訝。

她放開手，拍著雙手走向前，盯著有太多疑問，卻又有些手足無措的林宣豪：「抱歉，跟你開玩笑的，嚇到你了。」

基於男生尊嚴，就算真的被嚇到，林宣豪也不可能承認，他乾脆下車來：「我以為腳踏車壞了。」

兩人一面攀談，一面推著車向前緩緩而行。這時正值春末，寶藍色天空，星羅棋布，溫明月抬頭仰望星空，不覺唸道：

「天階夜色涼如水，臥看牽牛織女星。」

林宣豪偏著頭，眼露不解眼神，溫明月反問道：「你不知道這首詩嗎？」

林宣豪露出淡笑：「我興趣是理組的化學。」

「化學，很枯燥吧？」

林宣豪搖頭：「這是一門有趣的科系，離子反應的本質是某些離子濃度發生改變。我舉最簡單的說，氫與氧混合點燃爆炸，像爆竹爆炸，這屬化學變化。氣球、輪胎爆炸，是物理變化……」

「哇，聽得我滿頭霧水。我的興趣是文組，喜歡詩詞，妙詞佳句可以提升超然意境。」

「呃？」所謂隔行如隔山，林宣豪也是聽得一愣、一愣的。

「耶，所以你高二，分組時會選理組嘍？」

「你怎麼知道我高二？」

「那還不簡單，我隨便問人就知道。」

說著，溫明月白皙玉手在林宣豪臉孔上一揮，又握拳伸出食指一點，林宣豪迷糊的點頭又搖頭說：「將來再說，剛好我爸爸過世，我得考慮將來的出路問題。」他愈說聲調愈低，臉現陰鬱表情。這時走到十字路口，溫明月指著反方向：「耶，我走這條路回去。」

「呀，這麼晚了，我載妳回去？雖然不是四輪，兩輪的總比走路快。」

「呵，老實說，我用飛的不更快？」溫明月詭譎的笑笑。

「啊？妳說什麼？」

「開玩笑啦，拜拜，改天見。」溫明月走到對面街口還回頭招手。

當她消失在巷弄後，林宣豪突然間乍醒。他瞄著周遭，發現這個路口居然距家裡不遠，可是剛才一面走一面聊天，竟然都沒發覺。

❖

過了幾天，林宣豪輪值打掃，比較晚放學。騎著腳踏車出校門口，他要直接去打工。轉向旁邊的巷弄，騎到偏僻處，赫然發現溫明月倚在牆角。

林宣豪笑得好開心，停車拍拍後車座，溫明月跳上。他則繼續往前騎，兩人不時的交談。有別班、別年級的同學走學校後門，從巷弄轉出來，遇到林宣豪，特別睜大眼看他，甚至錯身而過了還會轉回頭看他。

之後，兩人經常不期而遇，地點不定。溫明月最常到學校門口，等林宣豪下課；有時會陪他去打工；有時等他下工，陪他回去。

隨著日子一天天過去，林宣豪漸漸出現身心疲累，精神不濟的狀況。

雖然家人都各忙各的，但畢竟是一家人，方淑貞偶而會跟兒女吃飯。見到林宣豪臉色青灰、眼窩塌陷，她總不忍心地問兒子，是否太累了？如果太累，會影響功課，乾脆辭掉打工的工作算了。

這時林宣豪會振起精神，鄭重否認，還浮誇的雙手一攤，表現出輕快、勇壯的一面，然後敘說著話時，還會把他欣悅的心情，表露無遺。

在一旁的林宣英不搭話，她偏歪著頭暗中打量哥哥，總覺得好像哪裡不一樣了。記憶中的哥哥，向來用功且穩重，做事有規範。每當她耍脾氣、耍賴撒嬌時，他都會修正她，為什麼現在的哥哥看來是那麼輕浮？

❖

哥哥的狀況愈來愈明顯，不，應該說是愈來愈嚴重。

有一天很晚了，她睡到一半起床如廁時，聽到陣陣低喃話聲。這應該是哥哥的話聲，可是聲音染上一層笑，充滿輕快。

如廁完回房時，她探頭望客廳，看到哥哥在客廳。這個角度讓她看到哥哥側頭，笑著張嘴說話……但是跟誰啊？

她沒看到，以為是跟媽媽說話。但經過媽媽房間時，發現房門是關上了的，這表示媽媽已經睡了。

林宣英太睏了，沒有多想，直接進房睡下。事後，數度看到林宣豪的舉止、動作，她才回想起許多哥哥不對勁的地方。

本來想告訴媽媽，不過當家人聚在一起時，她都會忘記。還有，她不知道該怎麼告訴媽媽。林宣英不懂，為什麼哥哥會變這樣？難道是因為爸爸走了傷心過頭？

林宣英輾轉在床上，就是睡不著，腦海中想起媽媽噙著淚，一再交代過：『爸爸在天上看著我們，別讓他擔心，我們要過得好他才會放心。』

「喀！」客廳響起門鎖打開聲音。

今天媽媽輪大夜班，還沒回來，那一定是哥哥了。

「呵呵，好好笑喔。」

赫！怎麼是女生聲音？林宣英毫無理由地全身神經都緊繃起來。

「就是，剛剛那個行人酒臭味超濃，一定是醉眼昏花了。」

「嗯，可是他不該跟你說這樣的話，我很不高興。」

女聲高昂、尖銳、快速，宛似一高、一低兩道合成聲，讓林宣英感到耳朵有刺痛感。

「他說什麼？我忘記了。」

「說……就說你看到。」

「喔，說我看到鬼？」

「噓——呼——」旋風般吼音，截斷哥哥的話。接著一股更銳利女聲響起：「跟你提過多少次，別提到這個字，你忘記了？」

林宣英掩住兩耳，一顆心凸凸跳起來……然後，是一片沉默。她按住心口，掀開薄毯，正想悄悄下床，突然傳來腳步聲停在她房門口，害她瞬間停止所有的動作。

她膽子小，習慣開小燈睡覺。這時，不太亮的小燈乍然熄滅，房內陷入一片暗黝黝，唯有窗外洩進來一縷暗淡朦光。她雙眼緊盯住房門，腦海浮出個預感『有危險』。

過了幾十秒，危險預感消褪了。林宣英鬆一口氣，掐緊著薄毯的雙拳鬆開後，她抹掉額頭汗水。

這時，或許是腦袋恢復正常，她忽然想起，不對喔，哥哥回來為什麼要怕？頂多、頂多……也許帶個朋友、同學回來而已，自己何必嚇成這樣？

徐徐呼口氣，林宣英重躺回床上。因為眼睛已適應黑暗，她完全忘記房間內的小燈熄滅了。

浴室傳來洗浴聲，然後傳來窸窣聲。林宣豪回房、整理東西，這期間一直都是安靜的。

過了好久，反正睡不著，林宣英下床想去找哥哥說話，而最重要的，是她想釐清剛剛聽到的女聲是怎麼回事？難道同學或朋友來了？

打開房門，林宣英走出通道，哥哥房門半掩著，不但透出暗朦的光影，還有細碎的……說不出是什麼聲音。

林宣英放輕腳步，慢慢靠近，由虛掩的門隙望進裡面……

房裡陰鬱不甚明亮，隱約中有兩道人影，林宣豪躺在床上；另一道人影蓄著及肩長髮，筆直地坐在床畔，依稀可看到人影張著嘴。

躺在床上的哥哥，雖然看不真切，隱約中看到他口中冒出一縷渾黯青煙，青煙翻滾、紛飛，旋轉著滾進人影張著的嘴裡。

忽然人影轉頭，逼視過來，林宣英倏然定住，全身僵硬，只剩下雙睛有反應。

下一秒，人影分化成兩股，一道依舊坐在床畔；一道起身飄過來……林宣英看到人影臉頰、下巴尖細。飄過來的同時，她急速起變化，臉上腐肉一塊塊臭爛的往下掉，形成骷髏頭，上下兩排森森白牙一張、一合，同時兩隻枯骨手伸直，一把掐住林宣英頸脖。

林宣英早知道要快跑，但已身不由己，鼻息間聞到一股勳死人的惡臭，脖子被掐緊無法呼吸，很快就陷入昏迷中……

❖

「叮咚！」

方淑貞放下袋子，起身去開門，是住一樓的鄰居胡爺爺。

胡爺爺七十五歲，老伴早亡，兒女各自婚嫁，他一人獨住在一樓，倒也自得其樂。方淑貞倒兩杯茶出來，落坐在沙發一腳，神情有點憂戚。胡爺爺看著沙發上的袋子，問：「妳準備出門？咳，抱歉，打擾妳……」

「不，不，胡爺爺別這麼說，難為您爬上四樓來，我才該對您抱歉。」

「還好，還好。」胡爺揮揮手，四下看一眼：「阿豪、小英都去學校，不在吧？」

「嗯，阿豪去上課，阿英在醫院。胡爺爺……找他們？」

胡爺聽到林宣英在醫院，嚇了一跳，忙問怎麼回事？。

原來，昨晚方淑貞下班回到家，看到林宣英雙手摀住脖子倒在通道的房門口地上，叫也叫不醒。而林宣豪在房間床上，睡得很沉。她喊醒林宣豪，他也不知道妹妹怎回事，就幫忙拖抱著林宣英下樓，搭計程車去醫院了。原本林宣豪要跟去，但方淑禎考慮他明早要上課所以拒絕了。

「小英要緊嗎？」胡爺爺問。

昨晚醫生檢查，說脖子上的瘀青有可能是她做噩夢自己掐傷了。護士在她脖子抹過藥，說再觀察，等明天早上再看看。現在，方淑貞正準備要去醫院接她回來。

聽完，胡爺爺沈吟半晌……方淑貞開口問他，有什麼事，他才徐徐道出前幾天晚昏時，他洗完澡坐在客廳看電視，電視背後是窗戶，他發現模糊的窗外靜立著一個影子。

他出聲問誰呀，影子沒有回應。他以為是住附近的兒子回來探望他，就打開門跑出去，影子忽然縱身往左上方一躍。

門前左邊，植了一棵槐樹，他抬頭看到頂端，一小叢的茂密枝葉在晃動……他瞇眼細看，昏黑的樹葉叢間有一張人臉。他原想進屋找手電筒，繼而一想，樹上哪可能會有人？

想罷，他轉身走進客廳，驀地發現晦暗的角落有一道背影。他正要開口出聲，背影徐徐抬起手臂，手肘呈九十度，指著天花板……

這當口，胡爺爺整個人又僵、又懵。同時，一縷細若蚊蠅聲，傳入他耳朵：

——擔心……擔心那……兩個孩子。

儘管聲音細弱，胡爺爺卻聽得一清二楚，他不明白話中之意。突然，背影在他眼皮子底下徐徐轉身，並且從頭部開始幻化成一大撮粉末，紛飛著消失在空氣中……

說完，胡爺爺喝水潤潤嘴接口說，剛開始他一頭霧水，可是這背影在他家出現了兩次，都是一樣的動作、說一樣的話。後來，他細細回想，就在剛剛突然大悟到那背影很像是林慶杰，他伸手的動作不是指天花板，應該是指四樓。

四樓林家不是有兩個孩子嗎？胡爺爺兩手一拍，說道：

「怎麼那麼巧！我剛猜想到慶杰，竟然就聽到小英在醫院。」

方淑貞聽的皺起眉頭，心口忐忑不安，擔憂林宣英會出事。

「妳趕快去醫院看看吧。」

「是，謝謝您，胡爺爺。」

胡爺爺下樓回去，方淑貞也出門趕去醫院。

❖

林宣英還是穿著昨晚的睡衣，垂著頭坐在院內的椅子上，方淑貞滿臉焦急地衝上前，旁邊一位護士小姐適時問：「林宣英的家屬？」

「對對，我是她媽媽，她怎樣了？」嘴裡問著，方淑貞眼睛則望著女兒。

護士小姐尚未出聲，林宣英抬起頭：

「媽，妳怎麼那麼晚才來？我肚子好餓喔。」

方淑貞鬆了口氣，護士小姐笑著說醫生早上來看過林宣英，她已經沒事可以去櫃檯辦理出院手續了。

走出醫院，方淑貞和林宣英先去吃早餐。看女兒狼吞虎嚥，方淑貞道：

「慢慢吃，別噎著了。」

「嗯，我平常都七點吃早餐，現在都九點半了，吃完還得去學校……」

「我幫妳請了半天假，不急。」

想起胡爺爺說的話，方淑貞吃到一半掏出手機打給林宣豪，他聲音放低，說：「媽，我在上課啦，有什麼事？妹妹呢？要不要緊？」

聽到兒子聲音方淑貞才真正放下心，回他妹妹沒事下午可以去上課了。

至於胡爺爺早上跟她談起的事件，一方面在電話中固然不方便說，另一方面方淑貞覺得也不必讓兒子、女兒知道，免得引起他們恐慌。

❖

「等、等一下，妳再說一遍，說清楚一點。」聽完方淑貞的臉都失去血色。林宣英眼露畏懼地把昨晚她昏倒的緣由再複述一遍，為了說清楚，她還到林宣豪房門口實地演練著。

看林宣英抖著手說完，方淑貞靜默一會兒，安撫地說：

「妳別怕，我會處裡。時間差不多了，妳趕快去學校吧。」

有媽媽這句話，林宣英才安定下來。

送走女兒，方淑貞陷入沉思中。然後，她決定要把這件事審慎處理好，為了兒女的安全，不管事情多艱難、多可怕，她都豁出去了。

❖

晚上，方淑貞刻意等林宣豪回家。看到兒子臉色灰敗、精神不濟狀，她心更痛了，很懊悔自己沒及早注意兒子。

「媽，妳還沒睡？」

「嗯，等你呀。」

林宣豪淡笑了：「我又不是三歲小孩，媽，拜託妳多保重，我看妳也很累。」

兒子的話，讓方淑貞很窩心，她直接進入正題：「聽說你有個女朋友？」

顯然，林宣豪很訝異，他錯愕地看著媽媽：「媽聽誰說的？」

「這不重要。媽不反對你交女朋友，可以帶回來讓媽看看嗎？」

「這個……沒什麼，就……比較談得來的好朋友啦。」林宣豪雙頰微赤。

「哦，那你們怎麼認識？平常常見面嗎？她不也要上課？哪來時間？」

林宣豪依記憶所及，簡單說出她有時在打工店家等他，有時放學時在校門口碰面，有時跟他一起回家。

終於套出女友的身分、年紀，方淑貞還想問溫明月家地址、有關她家人的細節，林宣豪卻截口說：

「不談了。媽，我要去洗澡，明天要早起。」

方淑貞輕吸口長氣，其實還想問更多，但算了，想暫時先這樣了。她點點頭：「好啦，你也別太累。」

看著兒子背影消失在走道，只希望還來得及救兒子。

❖

次日，送走兒子、女兒去上學後，方淑貞先向公司請假，再打扮素雅地出門了。

轉車之際，方淑貞的思路也迴轉不停：溫明月，有名有姓，難道是宣豪搞混了？還是自己弄錯？

到達ＸＸ高校時，校內正在上第一節課。經過門口校工指點，輾轉找到教職員辦公處。詢問之下才知道好巧，七年級丙班導師莊素玉這節沒有課。

方淑貞先自我介紹，莊素玉露出懷疑眼神：

「方小姐來找溫明月，可見跟她很熟悉，難道您不知道她的事嗎？」

方淑貞搖頭，莊素玉面色凝重地道出……

原來溫明月升上高一不久，三天兩頭請假。經過詳細檢查，發現她罹患癌症。

進醫院開刀後，據醫生說癌細胞已經擴散，撐不到半年，她就病故了。

方淑貞沒有訝異神情，點點頭，反問：「那，她下葬在哪裡？」

「她採樹葬，葬在三芝公墓。」

方淑貞無緣無故要探聽溫明月，讓莊素月擔心有什麼內幕？是否會涉及詐欺什麼的。

方淑貞據實以告，說出她先生也是下葬在該處，那日掃墓回來後，兒子出現諸多異狀……因為還要處理後續事件，方淑貞謝過莊老師，很快離開學校。

❖

一面往回走，方淑貞一面想：該從哪裡下手？

擔心歸擔心，這種事她從沒遇到過，該怎麼辦，她也不清楚，簡直快想破頭了。

下車後，家門在望，她無意間抬頭往上看到那棵槐樹，聯想起慶杰現身告訴胡爺爺的事……

想到這裡，一道閃光倏然竄入她腦海，於是她沒有上樓回家，而是去按一樓門鈴。

「耶，怎麼是妳？妳不用上班嗎？進來吧。」胡爺爺說。

坐在胡爺爺家客廳，方淑貞說出剛才她去學校探查出的事。末了，方淑貞道：「我想出幾個方法，例如：搬家？或是叫宜豪暫時請假，不要去學校？或是辭掉打工工作？」

沉思著的胡爺爺，搖頭：「這都不是究竟之法，妳想，妳要對付的不是普通一般人，是鬼。妳以為搬家，它不會跟著去嗎？」

「我……那我該怎麼辦？」方淑貞面有憂容。

「我認識一位宮廟法師，我去拜託他想辦法。」胡爺爺道：「事不宜遲，我這就去，妳等我消息。」

方淑貞千恩萬謝的回四樓住家。下午五點多，胡爺爺回來了，交給方淑貞一疊黃色符錄：「這疊是主持法師加持過，他交代必須在酉時送過來，喏，這幾張要貼在大門、房門、窗戶；這些要燒化淨臉；這幾張燒化要淨身，就是給阿豪洗臉、洗澡。另外，這個護身符最重要，要阿豪掛著絕不能拿下來。」

晚上林宣豪下班回家，方淑貞依言一一照辦。怪的是，當林宣豪淨臉、淨身後，疲累感消失許多，除了身體有點瘦之外，精神算是不錯的。

這樣持續淨臉、淨身三天過後，林宣豪整個人更有精神了。還有，這幾天居然都沒聽他提起女朋友的事。

多嘴的林宣英，冷不防忽問他：「哥，你那位女朋友呢？她還有來找你嗎？」

呃！這正是方淑貞閉口不敢問又很想知道的事。

林宣豪瞪住妹妹好一會兒，突然轉向方淑貞：

「媽，妳可以管束一下妹妹嗎？我根本沒有女朋友，拜託她不要亂講。」

原來，被女鬼迷惑的林宣豪，經過法師法力加持、驅邪後，完全不復記憶之前的事情。

方淑貞很感恩，等林宣豪穩定了，拜託胡爺爺帶他們一家人去禮謝法師。此外，方淑貞也向亡夫林慶杰祭禱，說事情已經平息，以後她會好好照顧兩個孩子，請它放心。

第八章

焦臭黑女鬼

暗夜下，眼前這幢房子像是一隻巨大怪獸，蹲踞著在搜索它的目標。由外觀，可看出當時宏偉的氣派。

這是一座廢棄的豪華、大器，占地甚廣的大莊園，只可惜外觀殘破毀敗、佈滿蜘蛛絲。往上登進大門的木質階梯，也腐朽的破了幾處，登上階梯，肯定會踩破木板，摔下來、然後頭破血流、然後……

昆尼搖搖頭，不敢想下去，幸虧女友潔安跟他說過，不要從正面大門進去。這一轉念，昆尼覺得幸運地聳聳肩。

誰會想到，這棟廢棄的大莊園，裡面有寶藏？這就是昆尼今夜來此的目的。

打量完大莊園，昆尼往右手邊側屋走。側屋其實也蠻大的，繞過側屋正面，左轉是一道門鐵，側屋以鐵門當出入口相當稀罕，但昆尼一點都不意外，因為潔安早跟他說的清清楚楚。

鐵門的鑰匙，放在地上三盆花盆的燈當中。昆尼輕易找到，輕易打開，果然鐵門雖然斑駁長滿鐵銹，卻很容易打開還不發出聲音。

之前在這裡受僱三個月的潔安早跟他描述得清清楚楚，連寶藏、連整座

第八章

焦臭黑女鬼

大莊園裡面都沒有住人，昆尼也很清楚。

進去直走，穿過四方形弄堂，弄堂頂上是鏤花玻璃，有月光時透過玻璃可以照亮視綫。今晚沒有月亮，下弦月被烏雲遮蔽。

穿過弄堂，右轉是一整排走道。踏入長長的走道，兩旁都是閉緊房門的房間，走道上每隔一段距離，壁上有一盞昏黃、黯淡的古式油燈，通道上起碼有六、七盞油燈，因此顯得走道相當陰暗。

就在昆尼探頭，欲右轉之際，突兀的聽到走道上，傳來聲響……

好在昆尼行事一向小心，他忙縮回腳，一會兒再探頭偷看，哇！有人？

這個就在意料之外了，潔安明明提過，儘管放心，裡面絕對沒有人……

昆尼倒抽口冷氣：潔安要陷害他？不可能，第一，潔安是他女友。第二，他說過，寶藏對分。第三，得到寶藏兩人遠走高飛。

潔安跟不跟他，隨她意願。

這麼優渥條件，還太便宜她了，她哪可能不願意？哪會陷害他？

通道上，沉重腳步聲愈來愈近，昆尼再探頭看通道，油燈亮度不高，陰幽、暗晦，隨著腳步聲愈近，昆尼也清楚看到他。

這個人粗壯，渾身僵硬，就連眼睛……也木木然直視前方。

昆尼看到他，難道他沒看到昆尼？不可能！昆尼凝眼看仔細了，嚇得心驚膽顫。這個粗壯的人背對油燈，陰晦燈影下，只看到他胸前被開膛破肚，看不到內臟什麼的，只有黑烏烏一個大洞……

昆尼縮回頭，涔涔冒著冷汗，張嘴喘大氣，很顯然這個人已經死了！

死人會走路？沉重腳步聲愈來愈近，昆尼猶豫著，要不要繼續……

這時，粗壯人走到通到盡頭停腳，也就是昆尼所站位置，昆尼呆住了，該逃？該閃？還是直搗通道？

通道盡頭，就可以撈到寶……

忽然，粗壯人側轉身面朝昆尼，昆尼僵住了，近距離下，他鼻孔皺著，深吸口氣，一股奇臭無比的腐屍味，濃烈、刺鼻的松香、福馬林臭味，一個念頭閃入昆尼腦際，他大聲道：

「天呀，是……殭屍！它是殭屍。」

❖ 話說到一半，粗壯殭屍聞到昆尼的氣息，驀地迅速向昆尼伸出手……

「鈴——」

突如其來的電話聲，魏家燕扯開喉嚨，尖叫跳起來……嘴裡髒話碎念出口，一手拍胸、一手抓起話機，口氣很衝：

「喂！找誰啦？」

對方被她粗暴氣音嚇一跳，小聲問：「對，對不起，請問？」

沒聽清楚，魏家燕又問一次，對方聲量還是低低的問：「請問，家燕在嗎？」

「我是呀，妳誰……」魏家燕聽出來了，是住西門町的沈明蘭：「明蘭嗎？」

「耶，家燕？唉唷，被妳嚇一跳，妳在幹嘛？」

「看鬼片。齁，我才被妳嚇死，正看到最恐怖的地方。等等，我去關機。」

關妥錄放影機、電視，魏家燕重新拿起話機：

「幹嘛？」

原來，魏家燕、沈明蘭和幾位同好是歌友，得到空閒會相約一起去KT

V。魏家燕住新莊，剛開始都找附近的店，沈明蘭家住西門町，一個月前她約大家去西門町唱歌，但一直沒找到適當時機。今天一早，沈明蘭先跟其他幾位歌友連絡，最後才打電話給魏家燕。

「呦，都約好啦？」

「嗯，難得大家今天都有空，就剩妳了，怎樣？」沈明蘭反問。

「我能拒絕嗎？呵呵……時間、地點呢？」

約定時間、地點，掛斷電話，魏家燕一看，距約定時間不到一個半小時，她略為收拾一下，準備出門。

❖

從新莊到西門町，有點距離。魏家燕的原則是不遲到，所以到達時時間還早，其他人都還沒到。

沈明蘭告訴她，已經訂好包廂。魏家燕報出訂位者沈小姐，服務生看看時間差沒多久，禮貌地向魏家燕道：

「請問，妳要在外面等嗎？還是要先進包廂？」

有的店家很龜毛，規訂非常嚴格，幾點就是幾點，分秒不差，所以聽到服務生這樣講，魏家燕立刻接口：

「可以先進去嗎？那太好了，謝謝你喔。」

接過門卡，魏家燕走到三〇五號，把門卡刷了一下……忽然聽到裡面發出「喀嚓！」一聲。

裡面有人？魏家燕愣了一會兒，剛剛服務生沒提到有人先來哩？

還有，她是刷門卡，剛剛那「喀嚓！」聲很像是喇叭鎖。難道為了防盜這間KTV特別安上兩道門鎖？

發了一會兒呆，魏家燕伸手敲門，揚聲問：

「有人嗎？有人在裡面嗎？」

喊完，她把耳朵附上門板傾聽……裡面傳出微細的窸窣聲。嗯？魏家燕敲門、又問一次：

「耶，有人在裡面嗎？不要開玩笑，我是魏家燕，我……」

「喀嚓！」又傳來一聲，依魏家燕的判斷，很像是按喇叭鎖的聲音，問題是上鎖？還是開鎖？就不知道了。

魏家燕呆了一下後重新把門卡再刷一次……耶，門開了。

魏家燕進去後，打量一圈沒看到人。她回頭檢視著門，又輕輕敲了幾下，看得出這門是新的。另外，完全沒有喇叭鎖或其他門鎖。

她偏歪著頭，想：台北市比較特別？連門鎖都跟他們新莊不一樣。

關上門後，她按開燈光瀏覽著室內，摸摸沙發椅背坐了一會兒，忽然尿急想如廁。在家裡灌了一大杯水，出門到現在已經過了快兩個鐘頭了。

踏進廁所，她先如廁。出來洗手時，看到鏡子裡的臉容，忍不住想補個妝。年過四十，她很注意自己的儀容，每次跟好友約出門，總要把自己弄得美美的。

由皮包內掏出粉餅、眉筆，她靠近前，對著鏡子，撲著粉拍、補上腮紅……忽然，一股焦臭味飄過來，好像是什麼東西燒焦了。

她回頭看一眼，一切都很正常，這裡不可能有人煮東西吧？一定是自己弄錯了，她回頭、低首，掏出眉筆想補畫眉梢，專注地望住自己臉容……

忽然，鏡子內的身後有人！魏家燕手一抖，眉梢被塗歪一橫，她馬上轉回頭……沒呀！後面是牆壁，哪可能有人！

掏出卸妝用的濕紙巾，她把眉梢抹乾淨，掂起眉筆……就在這時，身後一縷尖銳、刺人心坎的詭異聲響：

「不要照了，我比妳更漂亮。」

魏家燕來不及回頭，看到鏡子內，她的背後，赫然出現一個穿著豔麗橘色洋裝的女子，右眼球凸出，吊掛在燒焦了的臉頰上，裂開紅豔豔大嘴，一條超長、焦黑色舌頭，在裂開大嘴裡上下、左右晃動不已……

魏家燕拔高聲量，狂喊一聲，丟了眉筆，轉身奔出廁所、包廂。她在走道上，腳下打滑的踉蹌、往前摔……就在這時，一個男人適時伸手扶住魏家燕，嚷嚷道：

「耶耶，小心，小心。咦，家燕？」

魏家燕喊聲：「發哥」腳下不停，臉色蒼白的一口氣直奔向大廳。

「怎回事？」林在發看她背影；猶豫地轉望近在咫尺的三〇五號包廂房門，猶豫一會兒，也跟著魏家燕到大廳，兩人在沙發上落座。

魏家燕氣喘吁吁地問：「只有你一個人來？」

林在發點頭：「我剛到……」

原來，他剛到ＫＴＶ，服務生翻開櫃檯上記事簿，告訴他三〇五有一位小姐已先到，他可以直接進去包廂。

走在通道上，林在發看到前面一道窈窕背影，轉入其中一間包廂，走近了才發現，那道背影竟然是走進他們預約的那間包廂，可是這背影很陌生，他想不起是誰？

就在他快走近三〇五房之際，門突然被打開，魏家燕突然無預警地衝出來。

「妳待在裡面好好地幹嘛跑出來？」

這時，魏家燕氣息緩和許多，她搖頭說出剛才在廁所的遭遇。

「會不會別人走錯包廂了？我剛才應該進去查看一下。」

「對了，你剛說看到一個女子走進三〇五房？長怎樣？」

「沒看到她的臉，不過看她背影很陌生，絕不是我們這一掛的人。」

魏家燕比劃著手：「她要進來？我要出去，應該會碰到面呀，可是我跑出來都沒看到有這麼個女人，對了，你說她穿什麼衣服？」

「很鮮豔的橘色洋裝。」

聽了，魏家燕心口打了個結，恍惚間記憶猶新，鏡子裡那張恐怖臉的女子，身穿同色系的洋裝。

到底誰弄錯了？或是同伴有人穿橘色衣服來？林在發沒有認出來？不，如果是同伴為什麼魏家燕沒碰到？兩個人討論不出一個結果……

❖

陳錦、許仁義連袂跨入ＫＴＶ門口，後面發出喊聲，兩人雙雙回頭望去，是沈明蘭。

「哇，好巧，我們三個同時到達。」沈明蘭高興地揚聲：「快，已經三點了。」

「咦，只有我們三個？」陳錦聲音嬌脆地問。

「還有林在發大哥、魏家燕，他們應該都到了。」

走進大廳，就看到魏家燕和林在發，激烈地談得渾然忘我。

一行五人一起走進包廂，魏家燕迫不及待的說出方才所遇，以及跟林在發的意見相左之事。

結果五個人當中，三位女生完全沒有人穿艷麗橘紅色衣服。

林在發依舊堅持肯定是魏家燕看錯了，還有他看到的那位女子，一定是別間包廂客人走錯包廂了。

「走錯包廂，請問你有看到她出來嗎？」魏家燕不肯認輸地反問。

「有，當時我想進去包廂查看，但是妳很快向大廳去，我只好也跟去大廳。」

沈明蘭開心的笑道：「好啦，我們現在就去檢查看咩。」

五個人一進去，整間包廂頓時熱絡起來，有人倒飲料、有人打理電視、伴唱機、有找歌本……大家忙得不亦樂乎。

唯獨魏家燕心中疙瘩未解，她來回進出廁所，摸化妝鏡、鏡子對面的牆壁，用心尋覓一回，最後被林在發叫出去：

「快來喝個飲料壓壓驚啦，自己弄錯了不承認還在找什麼？」

「哼！找出橘衣女子就可以證明我沒看錯。」魏家燕不認輸地回嘴。

沈明蘭點開魏家燕愛唱的曲目，把個麥克風塞進魏家燕手上：

「不要找什麼女子了，喏，妳第一個來，理當讓妳唱第一首，行了吧。」

唱歌、喝飲料，果然可以讓人情緒紓解。魏家燕又唱又跳，其他人捉對下場跳起舞來，大夥又吃又喝玩得好盡興。

飲料喝多了，陳錦想如廁，但踏進廁所就讓她感覺陰寒，但她解讀是因為裡面超強的冷氣。

走出廁間在洗手檯洗手，她靠近鏡面，審視臉上淡妝……眼睛一掃，驀地看到鏡子裡的身後有一團黑色人影，陳錦轉頭卻什麼都沒有！

那是自己眼花了或是方才聽了魏家燕的境遇，而產生聯想……朝鏡子內勾起嘴角，陳錦對自己笑了笑，繼續靠近前。忽然，一縷極細低音傳來，似乎就緊貼在她耳朵上：

——魏……家……燕……魏……

陳錦當下心口一陣皺縮，似乎是心臟被人握住了般。她轉頭回望——身軀斜後方，站了個直挺挺的橘色洋裝女子身影，可是她整張臉是黑的。

陳錦大愣，正面轉向女子並退了一大步，跟女子距離拉遠，那縷低音又傳來：

——家……燕……魏……

又疑又愣之下，陳錦完全沒辦法開口，只有心裡想：我不是家燕，妳誰呀？

陳錦否認之下，女子整個消失，陳錦乍然醒過來，氣息大喘，腦袋昏昏然。

她心中明白要趕快出去，但動作沒有跟上思想，畢竟女人都嘛愛漂亮。她抽出一張紙，俯近鏡子，擦著額頭上冷汗……

忽然，一股濃烈、燻臭味道傳來，同時鏡子內現出一張女人臉，燒焦變短了的頭髮根根矗立在頭頂上。右眼球突出，吊掛在臉上，整張臉被火炙得皮開肉綻，焦爛黑臉滿佈流掛下來的綠膿、紅色血水。雖然沒發出聲音，可是猛張著紅豔豔的大嘴，一張一闔，顯示當時因為過度疼痛，而發出撕心裂肺的喊救聲……

陳錦反射性地，把手上那張紙丟向鏡子，拔高聲量狂喊著，並跌跌撞撞的摔出廁所……

正在勁歌烈舞的其他三個人都沒注意到，在沙發上嗑瓜子的沈明蘭看到了，上前拉住三個人，大家靜止下來，關機，按亮燈光。

大夥面面相覷大眼瞪小眼，聽臉色死白渾身顫慄的陳錦以發抖的聲音道出方才所遇。說完，她轉向魏家燕：

「它、它在找妳。」

「呸呸呸……我哪認識它啦！別亂講。」魏家燕神色很不自在，

陳錦所敘述的讓魏家燕想起剛踏進包廂時的情形，兩相一對照，明擺著事情很詭異。

許仁義、林在發兩個大男人進去廁所檢視一番，又在包廂內整個尋檢一次，但根本毫無所獲。不過他們發現地毯、壁紙、桌子沙發，全都是新的。

這一來，興致受到影響，改成放輕音樂，大家吃著水果、小點心聊天。

「耶，我們要不要問服務生？」

沈明蘭忽然想到，可她話說一半，林在發截口道：

「笨喔！服務生哪會知道？這要問老闆，搞不好老闆也不知道，有誰會把家醜對外宣揚啦？」

「呀，我有辦法了。」許仁義掏出手機，興致沖沖地說。

其他人，共八隻眼睛，同時轉望向許仁義。

❖

只見許仁義點開手機，一面滑動，一面問沈明蘭：

「告訴我，這裡的地址。」

沈明蘭想了一下，一面說。許仁義一面打著手機上按鍵……

好一會兒，許明義音量壓低，唉叫一聲：「哇！果然。」

大夥七嘴八舌忙問，找到了？怎樣？

「別吵，我看完再告訴各位。」

沈明蘭計算一下，預訂三點唱到八點，總共五個小時，還有兩個鐘頭的時間，就都浪費掉了。林在發建議，等許仁義查完再繼續唱吧。沈明蘭熱切的同意了，另外兩個女生都緘默不語。

過了一陣子，許仁義抬起頭，板緊的臉孔毫無表情：

「這裡發生過火災燒死了七、八個人，輕重傷有五十個人左右。」他又低下頭去，看著手機繼續說……

消防員在灌救時，碰到一位打扮漂亮的橘色洋裝女子，她從裡面出來告訴消防員，說X間包廂內還有人。消防員拉著水柱往那間包廂去，發現門被火炙融得得打不開，消防員回頭想問女子裡面真的有人嗎？有幾個？但卻遍尋不著這個女子。

後來，消防員拿來器械破壞門，裡面赫然躺了八具屍體，其中一個就是穿著橘色洋裝的女子，她姓何，名叫何溫月……」

「噓……不能說出它名字。」林在發年紀較大，知道一些禁忌，他連忙制止但已太慢了。

大家面色凝重，林在發轉向魏家燕：「記不記得，妳打開包廂的門，提過妳的名字嗎？」

魏家燕臉色慘白，想了好一會兒，點點頭。林在發恍然大悟的一拍桌子：

「難怪，剛剛陳錦聽到它在找妳。」

「我……在門外，聽到兩次像喇叭鎖的『喀嚓！』聲，可、可是門是用刷卡的。鬼、鬼會開門嗎？」

林在發回道：「我猜，有可能是火災之前裝設的喇叭門鎖……」

林在發說到這裡，突然門那邊發出響亮的『喀嚓！』一聲，大家都聽到了，像喇叭鎖被按關上的聲音，五個人同時變臉，面面相覷。

忽然，包廂室內的燈剎時全滅了，包廂陷入一片黑暗。靠近門邊的許仁義，動作奇快，起身去開門但是門卻打不開。大家都聽到許仁義敲、踢著門，還大喊著：「開門，外面有人嗎，開門。」

黑魆魆中，魏家燕突然揚聲喊：「放開、放開我，誰拉我的手？」

一會兒，微亮光芒一閃，是林在發掏出手機，打開照明程式。室內頓時照到陳錦、沈明蘭緊緊依偎縮在雙人沙發上，魏家燕坐在角落，左手腕被一隻烏黑、焦臭的枯骨扣住。她拼命甩著左手，林在發握住的手機光芒照向她，循她手腕往上移。

赫！魏家燕左邊站著身穿橘色女子，她的焦黑骷髏手，比正常人足足多了兩台尺長。看到自己被恐怖骷髏鬼手扣住，魏家燕更驚恐的大喊大吼。

手機光芒忽然熄滅，室內頓陷入一片黑暗。此時，魏家燕突兀的靜止下來，林在發原想衝上前解圍。因手機光滅了，他問魏家燕：「妳沒事吧？」

「嗚，沒……事。」魏家燕拔高聲音，變得尖銳、高吭：「你們看那邊。」

這時，打不開門的許仁義退回沙發座，想叫沈明蘭撥電話給櫃檯。尚未開口，忽然廁所那邊湧過來陰晦、森寒的涼咧氣息，接著一團火光，由廁所燃燒過來……

藉微弱晦光，可以看到包厢分成兩邊，一邊是他五個人落座的沙發，但這邊完全是漆黑一片；另一邊則是燃燒的火光，在沒有任何燃煤、沒有引火的狀態下，火光燃燒得很虛幻。

陳錦和沈明蘭驚駭的不敢出聲，顫慄的啜泣不已。

許仁義抓起桌子上的紙盒、紙袋、外套……一股腦地丟向火光，但是投丟過去的東西全都掉到地上，火光則繼續燃燒。

許仁義大聲叫沈明蘭，不要哭，趕快撥打櫃台電話求救。

因為是沈明蘭訂位，照說她應該知道電話號碼。只是，慌亂而焦急中，她找不到電話號碼。

忽然，廁所那邊依序走出來三個男人跟四位女人，被燒得慘不忍睹，身軀連同衣服緊緊黏附著，頭歪肩斜，手腿肢體成了畸形狀，或彎曲或扭疊或縮緊裹成一團。

同時，一股奇臭無比、屍體燒焦腐爛的臭氣，瀰漫、燻滿整個空間。

許仁義焦急萬分，一面催促沈明蘭快撥電話，一面摸到門邊，用力拍打門板。忽然，陳錦驚恐拔高分貝底響聲喊道：

「呀——家燕，怎麼是家燕？」

大夥看到走在最後面的那個女人，赫然是魏家燕。林在發摸索到沙發角落，果然是空的，魏家燕不在，她何時消失的？

魏家燕閉著雙眼，像個沒有靈魂的布偶，她旁邊就是穿橘色洋裝女子，沒看到它牽著魏家燕。可是魏家燕的形貌、動作、舉止完全跟它們——畸形怪狀的三男、三女同個模樣：歪頭垂肩、身體扭曲，步伐遲緩而凌亂……

林在發很想上前拉回魏家燕，可是眼前這什麼狀況他完全沒遇到過，也不知道該怎麼做？

隨著那群東西前進，濃烈煙霧愈來愈濃烈，瀰漫著整間包廂。走到一半，那群東西突然舉動猙獰，現出被火燒炙時，全身顫抖、掙扎痛苦樣，還呼吸困難的痛趴倒到地上，掙扭地爬過來，雙手如勾做出求救樣子。

眼看它們就要爬近沈明蘭、陳錦腳旁，她倆嚇得驚愕萬分，忍不住慘叫出聲。

林在發和許仁義雖然是男人，卻也被掀尖銳女聲刺得千瘡百孔，心臟都快跳出口腔。

❖

正緊急時，包廂門突然被打開，包廂內四個人再度被嚇一大跳，同聲驚恐慘嚎一長聲，全都擠抱在一塊。

在此同時，包廂內的煙霧、燒死鬼、惡臭薰焦味，剎那間全都消失不見。一名服務生當門而立，藉通道上燈光，看到裡面……莫名其妙的狀況，地上還躺著個人，服務生整個呆愣住，眨巴著眼：

「抱歉，送點心來了。我剛才打電話都沒人接，不知道會不會太早送來？」

沈明蘭抹掉額頭冷汗，第一個衝上前，回說不會太晚。

服務生含笑點頭退出，正要拉上門之際，沈明蘭馬上出聲阻止，許仁義、林在發、陳錦則跳下沙發衝向門口阻止門被關上。

許仁義這時才知道，原來沈明蘭始終沒有撥通櫃台的電話，他舒了口氣，建議說：

「門不要關，剛才被嚇得肚子餓壞了，快喊醒魏家燕，隨便吃一吃，閃人了。」

「我吃不下。時間還沒到，還有一個多小時哩。」沈明蘭說。

許仁義指著陳錦、林在發，認真問他兩，還要繼續唱下去嗎？

沒人同意，頭搖得都快脫離頸脖了。於是，照許仁義提的建議，但是魏家燕卻叫不醒。其他人在食不知味的情形下，草草果腹，扶起魏家燕正準備倉惶閃人，許仁義喚住大夥。

「我們受到嚴重的精神損失，須要向店家反應嗎？」

「請求賠償嗎？」陳錦、沈明蘭異口同聲。

因此，四個人開始商量，卻討論不出個結果，一直沉默著的林在發，年紀大、思慮周到：

「如果店家問：『有證據嗎？』我們該怎麼回？」

三個人當場語塞，這個東西怎麼有證據？沈明蘭想，剛才真該用手機拍下來，問題是她沒這個膽呀。

「我剛才有上網查詢，」許仁義咋舌：「上面報導的很清楚，這就是證據。」

「店家會承認嗎？他們有很多理由啦……搞不好會說我們意圖詐欺、毀謗店家名譽。要是鬧大了叫警察來，警察聽店家的還是聽我們的？」

「所以，算我們倒楣了？」沈明蘭蹙緊細眉。

「呼……剛才三條神魂被嚇跑兩條，依我看法早早離開這裡回家休息比較實在。」

說著，林在發盯望廁所一眼，陳錦忍不住也看過去，還是心有餘悸。

「也是啦，但魏家燕都叫不醒，不知道她怎樣了，還是快點送她去醫院吧。」

❖

被送到醫院的魏家燕，昏迷了兩天。在醫護悉心照料下，醒過來了。只是，身體異乎尋常虛弱。另外，照過X光、超音波，醫生發現她的內臟、腹腔、下腹都有微弱的燒燙、發炎跡象。

「很奇怪，燒燙傷、發炎會發生在人體外的皮膚，可是她身上皮膚又完全正常，如果說喝了熱水燙傷，應該是胃部、腸子，其他內臟不可能會受到燙傷。」

醫生說，這種狀況他還是頭一次遇到的。

開了七天份的消炎藥，魏家燕在幾位好友陪伴下回到新莊住家。

陳錦、沈明蘭小心扶她躺到床上休息替她買點心，吃完再吃藥，等她閉上眼睡了，沈明蘭替她關妥門和陳錦一齊走出巷口。

「嘿，妳人真好，對朋友很講義氣呢。」陳錦忍不住說。

沈明蘭搖頭，嘆口氣：

「家燕生病完全是我害的。之前家燕邀我們在新莊唱歌，不都很平安？這次是我建議到台北唱歌，才害她……」

陳錦打個哆嗦：「不要再說了，我都快忘記那天的事，不想再想起來。」

「抱歉，都是我害的。」

「也不能怪妳，妳也不知道那裡發生什麼事。」

「對了，過幾天我還會再來看家燕。」

「好呀，我們再約吧。」

❖

四天過後的下午兩點多，經過電話相約，沈明蘭和陳錦加上林在發，連袂探視魏家燕。

四個人一起坐在客廳閒談，沈明蘭關切問道：

「怎樣？好一點了沒？」

「好多了，東西吃的多精神就好的快。」

「那太好了。」

「不過，不曉得怎麼搞的，晚上睡覺時，肚子、胸腔好像有火在燒很不舒服。」

「藥有吃嗎？」

魏家燕點頭，都嘛按時吃。林在發建議，七天後不是要回診，記得把狀況告訴醫生。

「呀，我忘了約仁義。」沈明蘭忽然說。。

「他今天忙，我跟他聯絡過所以沒約他。」林在發接口

「不必勞煩大家啦，」魏家燕說：「看，我都沒事了。改天再約一起去唱歌……」

陳錦第一個搖頭拒絕，魏家燕虛弱的笑了笑：

「不然去登山也可以，或去郊遊、喝下午茶。」顯然，魏家燕忘記了包

廂內，發生的事件。

「再說吧。」沈明蘭接口：「回診時通知我一聲，我陪妳去。」

魏家燕突然轉頭，溜一眼客廳門暗角，那裡有點陰暗，她忽然招招手：

「過來，一起坐聊天。沒關係，他們都是我的好朋友。」

沈明蘭、陳錦，包括林在發，臉容突兀的僵化。

「那裡。」

陳錦疑惑地開口，底下三個字：『沒有人』，硬是被沈明蘭切斷，她接口問魏家燕：

「那是誰呀？」

「她……姓何，名叫何溫月……」

魏家燕笑著解釋，是剛認識的朋友，長得很漂亮喔，每晚都來家中陪她說話。

「溫？」沈明蘭臉色乍變青灰，蹙眉脫口道：「穿橘色洋裝？」

魏家燕笑著，興奮地說：「嘿，原來妳也看得到！之前我幾位公司同事來看我，硬是跟我爭執，說我見鬼了，他們都沒看到哩。」

沈明蘭等三個人，具都背脊寒顫。閒談一會兒，實在無心再坐下去就早早告辭。

三個人並沒有立刻回家，而是找了間咖啡屋，商討該怎麼辦？

林在發撥手機給許仁義，原來他在家裡，林在發談起去探望魏家燕的狀況。

聽罷，許仁義沈吟好半天，徐徐說：

「我那天回家後，睡覺時聞到一股燒焦惡臭味，臭氣燻人，找了很久都找不出原因，這幾天下來更嚴重，焦臭味愈來愈嚴重……」

「嘎？真的？有看到什麼嗎？」

說著，林在發環眼看沈明蘭、陳錦，她兩人四隻眼睛正灼切瞪住他。

「喂，你很糟糕，講什麼風涼話？」

「不是啦，那就快想辦法解決呀。」

接著，林在發邀許仁義過來，大家一起討論，看有什麼最好的方法，能夠消災解厄，當然他們也把魏家燕算一份。

後來，用了好幾個方法，跑寺廟、求廟祝、還舉行好幾次消災祭拜，總算把那幾個死的不甘心的焦臭黑鬼送走。聽說，事件解決之後他們再也不去ＫＴＶ了，改成到公園或去誰的家裡唱歌。

第九章

醫院餓鬼

天氣進入寒冽冬季，一些上了年紀的老者身體受不了，就引發出許多毛病。

徐爸爸年紀七十幾歲了，平常身體還好，可是寒冷的半夜他突然暈迷，好在他兒子徐寬平發現了，緊急把他送去醫院。

急診處醫生診斷出，他是突發性心肌梗塞，必須緊急開刀，裝上心臟支架。

手術房外是長廊，靠牆有幾排座椅，徐寬平坐在椅子上，漏夜守候，從上半夜等到下半夜，不知道等了多久，他開始打起盹。

徐寬平媽媽早逝，姊和妹妹都結婚了。他未婚，家裡只有他跟父親兩個人，因此他毫無怨言，一肩扛起照料父親的重責，他是個很孝順的兒子。

忽然，襲來一陣冷風，徐寬平打了個冷顫，醒了過來。他調整一下坐姿，看到手術室依然亮著紅燈，再低眼看腕錶，已經三點半了。

他無意識地投眼望向左手邊長廊，長廊天花板上，應該是明亮的LED燈，似乎受到天氣的影響，光芒有點昏幽。整幢醫院都靜悄悄，也難怪，這麼冷的寒夜，除了護理站值班的護士小姐以外，大家幾乎都入睡了。

長廊盡頭，往右彎再左拐就是護理站。徐寬平站起身子，伸展四肢、轉轉頸脖，有點想去護理站晃晃，喝個熱水。但他轉眼看著手術室的紅燈還是亮著，擔心父親手術的結果。還是忍一忍吧，搞不好他一離開，手術就完成了。

徐寬平重新落坐，兩手放在胸前交叉打橫，一轉眼看到右手邊，不遠處矗立著自動飲水機。

他撇著嘴角，笑自己笨。於是，他起身走到飲水機，找到掛在機身旁的紙杯，喝了一大口，許是口渴，感到這水超好喝吶！

當徐寬平想續杯時，頂上的燈乍滅、迅又乍亮。他抬頭看一眼燈，變得陰暗了些。

他一仰而盡喝完水，紙杯丟入一旁垃圾箱，再回身時嚇了一大跳！剛剛他坐的椅子上坐了個人，穿著病人服，上身往前傾、垂著頭，兩手交叉放在腿上。

既是醫院的病人，一點都不讓人意外。

徐寬平落坐到他旁邊椅子，這裡靠手術室較近，他抬頭看，紅燈還是亮著。

他打量旁邊的病人，年紀大約二十到三十歲左右，外表也看不出哪裡有問題，就不知道是什麼病……

「你在等什麼？」年輕病人突兀地開口問。

這裡都沒別人，一定是問自己了，徐寬平道：「我爸爸，心肌梗塞得緊急開刀。」

「喔。」年輕病人抬起頭，轉望徐寬平：「你等很久了？」

徐寬平點頭，腦中重又升起憂慮。

「現在醫術很進步，別擔心，等多久了？應該快好了吧。」

「不知道。」

聽到年輕病人這話，讓徐寬平浮起一股好感，開始跟他閒聊起來。

「你不冷嗎？怎麼不睡覺？」

「唉，成天躺著，變成晚上睡不著，睡不著就到處晃，晚上比較安靜。」

年輕病人語調平板的敘說著。

「看你精神還不錯，可以出院了吧？」

「嗯，不知道……要怎麼稱呼你？」

「呀，我姓徐，徐寬平，你呢？看來很年輕。」

「邱，邱宏柱，二十七歲。」

「對嘛，我猜你一定比我年輕。」

年輕病人露出笑，只是看來有些艱澀。

這時，長廊左邊盡頭，轉出一位穿著病服，年約六十上下的老伯，手拿著一只鋼杯，朝兩人坐的方向而來，可能是進來倒水。

半百老伯走了幾步，對上了徐寬平兩眼。年輕病人原本臉朝徐寬平，看到他臉上表情，年輕病人轉頭，回望長廊左端……

老伯頓住腳，眨巴著眼，忽然臉容變色，繼而睜大眼、嘴巴也張大著。下一秒，老伯轉身往回走，速度很快地轉回轉角消失了。

「這位阿伯很奇怪，明明就是要來倒水，怎麼又走了。」

年輕病人輕「嗤」一聲，接口說：「嗯，他睡眠不好，一個晚上要起來三、五趟。」

「喔，你認識他？」

「病院住久了當然知道，」說著，年輕病人轉回頭，看著徐寬平身後，又接口：

「手術已經結束了。」

徐寬平轉頭，看到紅燈還是亮著吶，根本就還沒結束嘛，他轉回頭，尚未開口，邱宏柱站起來，道：

「我該回去了。」

話罷，他隨意一揮手，轉身……就在這時，走廊天花板上的燈，微微地乍滅又閃，徐寬平抬頭往上望，低喃著：

「是接觸不良嗎。」

身後傳來清脆聲「叮！」徐寬平急忙轉頭。耶，綠燈閃了，一會兒手術門無聲地打開，他緊張的急忙起身，迎上前。

❖

徐爸爸手術順利，經過三天的觀察期，沒有任何副作用不適。在主治醫師許可下，轉住普通病房。醫師交代，徐爸爸年紀大，體力比較虛弱，還是要多加小心，預防傷口感染，但至少徐寬平可以放心了。

這天徐爸爸午飯後，吃過藥，徐寬平等他睡下才去吃午餐。回來時，已經兩點多了，經過樓下門診處，一名護士正在替病患量血壓。

徐寬平停住腳，那位病患是近六十的老伯。他認得他，他就是徐爸爸手術那天在長廊盡頭出現的那位老伯。

血壓量到一半，老伯突然渾身一震，臂膀也抖動，徐寬平循他的視線望過去……耶？那裡是一處陰暗角落，徐寬平看到一小截病患穿著的衣服一角，消失在角落的轉角。

徐寬平好奇的又轉望老伯，不知道他看到什麼，幹嘛那麼震驚？

一會兒，護士小姐拆下量血壓的臂套，看一眼數值，緊張地叫道：

「哎約，收縮壓一百六十。阿伯，你會頭昏嗎？哪裡不舒服嗎？」

阿伯臉色不自然的搖頭，護士小姐碎碎念著，有哪裡不舒服，等一下要告訴醫師。

徐寬平邁開步伐，回到徐爸爸的病房，看到他睡得正酣。徐寬平拿出書，打開來坐到椅子上殺時間。

徐爸爸年紀大怕吵，剛好院內空出一間單人病房，徐寬平毫不猶豫立刻選擇這間。這裡比較安靜，睡得好、吃得飽，安心休養，徐爸爸的傷口會恢復得快，徐寬平是這樣想的。

忽然，手機震動起來。徐寬平一看，是公司的同事朱喜翔，他兩人一向談得來，那天臨時送父親去急診，也是撥手機給朱喜翔，請他代為請假。

為了怕吵醒父親，徐寬平握著手機，走出病房。原來，朱喜翔想來探病，但因為疫情不能進來被阻擋在外面。

「耶，你不是在上班?來幹嘛?」語氣雖然帶著責備，但徐寬平心中卻充滿溫馨。

「前天聽你說，伯伯已經轉入普通病房，昨天我跟經理談起，經理叫我今天要來探望伯伯，我可是代表公司所有同仁們的祝福，你怎可以拒我於千里之外。」

「我不是這個意思，你也知道，在這節骨眼，沒事少來醫院啦。」

「我都已經來了，總得看過伯伯再回去，我得向經理報告呀。」

「好啦，你在哪裡?等我，我下去找你。」

兩人到醫院附近咖啡廳，點了兩杯飲品，徐寬平休假將近一週，他很掛念公司的工作，兩人聊完公司，接著聊徐爸爸住院、開刀的情形。

徐寬平婉轉說，他父親必須多休息，剛剛午睡還沒醒，請朱喜翔代向經理道謝。

兩人談得盡興，朱喜翔看時間快近四點了他還要回公司，忽然想起旁邊那盒水果，他推給徐寬平：

「我猜，伯伯上了年紀，牙口不好，所以這個比較容易咀嚼。」

「謝謝啦，讓你破費了。」

「不，不，這是公費。」朱喜翔抓著後腦。

兩人相視一笑，送走朱喜翔，徐寬平看一眼水果禮盒，他傻眼了！

不怪朱喜翔，他年輕沒經驗。

據說，攜帶禮盒去醫院探病有諸多忌諱：草莓——代表倒楣。鳳梨——代表病旺。芒果——忙於生病。

提著禮盒，徐寬平猶豫又猶豫，早知道剛剛應該叫喜翔帶回去。不過，依他一板一眼的個性，不可能把草莓禮盒帶回去。現在呢？總不能丟到垃圾箱去吧？這該怎辦？拍拍額頭，一面緩步踏進醫院，徐寬平對自己低喃碎唸著。

他突然發現自己在不經意間停站在大廳的大柱子邊，面前一位老伯睜大混濁眼睛看著他。

他臉孔發燙，高舉空著的手，致歉的說：「抱歉，我堵住你的路了。」說著，他打橫一步正要走……

「等一下。」老伯伸手，擋住他。

徐寬平轉望老伯，很眼熟呢。

「我認得你，年輕人。」

徐寬平一看，唔，原來是見過兩次面的那位老伯。他想起下午時，老伯量血壓那一幕。

「阿伯，中午你量血壓時，把護士小姐嚇一跳。」雖然這話有點交淺言深，但是徐寬平還是忍不住勾起嘴角笑紋。

老伯一聽，沒笑反倒板起臉。徐寬平意識到自己不該這麼輕佻，畢竟他是病人，態度一轉，徐寬平誠懇地問道：「阿伯您貴姓？血壓那麼高，沒關係嗎？」

老伯搖頭又點頭，左右看一眼，俯近前，放低聲音：

「我姓李，告訴你，血壓高不是我的問題，是被它嚇到的。」

「什麼？」

「真的，我看過它好幾次了，想不到大白天它也會出現，真的被它嚇壞了。」

徐寬平想起他轉頭時看到的一截衣角，難道李老伯是被那個衣角嚇到的？

「來，來……」

接著，李老伯拉徐寬平，找個座位落座，細細談起來……

❖

他恍惚地坐在床上，忽然旁邊移過來一個年輕人，只有二、三十歲模樣，他不是用走的，是平直的移過來，停在他身邊，跟他穿著一樣的衣服。

——跟我走吧，你。

他呆愣瞪住年輕人，不置可否。腦中想著：我又不認識你，為什麼要跟你走？

——你這麼老了，活著有什麼用處？還是跟我走吧。

他依舊無動於衷。

年輕人出其不意，伸手突兀的猛拍他胸部，胸口傳來劇疼，他張口乾噁一聲，但叫不出聲來。

喘著大氣，他悄悄移位，想跟年輕人拉開距離，潛意識感到年輕人極端危險。

——想想看，一大把歲數，再多活幾年，不怕拖垮你的兒子嗎？

我兒子？你認識我兒子？

——當然認識，

胡說，從沒聽我兒子提過你，你又是誰？

——我是誰不重要，告訴你，跟我走保證有你的好處。

只要跟我兒子在一起，就是好處，你走，你走開。

——不跟我走，可以，那我找你兒子跟我走。徐寬平跟我很好，他會願意跟我離開。

你，你真的認識我兒子寬平？

——你想清楚，到底是你跟我走？還是讓我抓走寬平，總之我會找一個。

年輕人猛然伸手，拉住他的手，用力撕扯。被拉住的手遭拖扯，牽連到胸口的傷口，使他痛不欲生。

「啊——痛、痛、痛死了！」

從夢境中醒過來，喊痛聲音也跟著跌出夢境。

他冷汗涔涔地張眼，看到自己躺在病床上，渾身滾燙，皺眉轉眼，床尾赫然站著夢境中的年輕人！

「救……救命……」

他奮力的喊著，可惜聲音卡在喉嚨，年輕人臉容猙獰，撲上來，右手手掌如勾，朝他胸口抓下來，他掙扎扭動，急切間只感到心臟傳來撕裂感，痛楚難當。

而年輕人的臉，貼在他臉上，張嘴朝他吹著陰寒穢氣。

掙扎扭動的四肢，漸漸、漸漸遲緩、無力，他只剩下懔慄，全身抽蓄不已。

剛走進病房的徐寬平，看到爸爸模樣，放下手上禮盒急忙跑近床邊：

「爸！爸爸，你怎麼了？哪裡不舒服？爸。」

徐寬平摸爸爸額頭，哇！發燒，他連忙按下床頭鈴聲。一會兒，兩位護士趕過來，徐寬平閃一邊，看著兩位護士小姐忙著替他爸爸量體溫、檢查血壓……檢視傷口，就是怕傷口感染。

「怎樣！我爸要不要緊？」徐寬平急著問。

護士長說：「我早上才幫老爺爺換藥、換紗布，並沒有感染的問題，現在看他傷口還好，所以不是這個問題。」

另一位護士轉身出去，一會兒推著推車進來。護士長備好藥瓶、針筒，給徐爸爸打了兩針，一針退燒、一針鎮定。說明他有輕微感冒，精神不穩定，讓他睡一會兒，觀察看看再說。

護士退出去後，徐寬平倒了杯溫開水讓他爸喝下。喝完，他爸拉住徐寬平，口齒不很清明的敘說：「那個年輕人，強力拉我，你看我的手，很痛，痛到連我胸部都痛。」

徐爸爸聲量愈來愈低，終於閉上眼、無聲地入睡了。

徐寬平抬起爸爸的手，看到手腕有一圈瘀青，他把他的手輕輕放下，拉緊棉被給他蓋妥。好一會兒，他轉身替自己倒杯水，坐下來緩緩啜飲，同時腦中思緒翻飛不已……唉，果然出事了，真的不該收下草莓禮盒。

開刀之後幾天都平安沒事，就這麼巧，今天收了草莓禮盒就受到虛驚，好在他爸傷口無礙，但還是要等晚上觀察後才可以確定。

「呼，希望沒事。」

徐寬平站起身，走到窗邊，從窗簾一角看出去天空是晴朗的，底下人群來來往往，各忙各的是一副平和景象……

接著，徐寬平思緒一轉。轉到另外的一個虛驚——李老伯。

原來李老伯已經六十八歲，不過身體看來還很硬朗，說起話來，也比他爸爸清楚多了，但是他的話能信嗎？

徐寬平爸爸開刀那晚，李老伯拿著鋼杯想來飲水機倒水。遠遠的看到他，那位年輕病人赫然坐在椅子上，他當時立刻閃人。據李老伯說，他住院以來，看過他好幾次，都是在半夜遇到，就是看不出他的底細。

李老伯原本就有睡眠不好的症狀，一天夜裡，總會醒過來幾次，住院之後失眠沒有改善，還是常常會醒過來。一天夜裡他醒過來，鬧鐘指著一點，原想繼續睡，但翻來覆去就是睡不著，就下床四處走走，到護理站繞一圈又逛回病房，走到一半遇到那個年輕人。

李老伯舉手跟他打招呼，走近了，突兀地發現他臉色鐵青，雙眼緊閉著。可是，他走路模樣卻跟正常人一樣。接著，李老伯發現，他小腿一半以下是空的。

之後，李老伯夜裡醒過來都盡量不踏出病房，偶而會想出去透透氣，但每次出去，每次都會碰到他。

最後，李老伯吊斜著眼尾，對王寬平低聲道：

「反正我就快出院了，倒是你要小心一點，別被它纏上了，我覺得它還會再來找你。」

「呵……」徐寬平不置可否的，輕輕一笑。

❖

不知沉思多久，窗外夜幕垂掛下來，底下、遠近點點燈光，持續亮起來……

徐寬平用心回憶，爸爸開刀那一夜，看到的邱宏柱，穿著病人服上身往前傾、垂著頭，兩手交叉放在腿上。

到底，他有小腿？還是沒有？完全想不起來。

徐寬平認為李老伯看到的他，絕非邱宏柱，但是李老伯信誓旦旦的說，雖然他站在長廊那端可是他肯定不會看錯。

第一次看到他是雙眼緊閉，但後來再遇到他時完全不是原來的樣子，可是李老伯卻記得他那張臉，無法磨滅的臉。

李老伯甚至不知道他的名字，而那天徐寬平跟邱宏柱談過話，雖然不到相談甚歡的地步，但感覺卻還好，因此徐寬平可以肯定，李老伯遇到的他不是邱宏柱。

「唔……阿、阿平，我口渴。」

徐爸爸的聲音，打斷徐寬平的思緒，他忙回頭遞杯溫水，問他哪裡不舒服？胸口還會痛嗎？

徐爸爸搖頭，正在這時護理長和一位護士走進來，護理長估量藥效差不多退了，所以來檢視。

量過體溫、血壓，查看胸口紗布，一切都正常。護理長問些例行的問題後，確定徐爸爸都正常沒事才離開。

接著，送晚飯時間到了，徐寬平張羅爸爸吃飯，飯後再吃藥，開電視給他看。然後徐寬平到地下室餐廳吃晚飯，他不敢大意，晚飯吃完很快就回到病房陪爸爸。

單人病房內有兩張床，病床是正常的高度，另一床是陪病者睡的比較低，只有病床的一半高。

到了睡覺時間，關掉電視，為爸爸蓋上棉被，他自己也躺到床上。

「阿平。」

「嗯。」

「我什麼時候可以出院回家？」

「要問醫生，爸想念家了？」

「嗯……」

「你好好養病，身體養好了，當然可以早點回家。」徐寬平知道爸爸的心意，接口說：「阿姊和妹妹要照顧孩子，現在疫情嚴重，我叫她倆不要來醫院，等爸回去了，她們可以帶孩子來看爸。」

徐爸爸欣然應了一聲，談起那群調皮的小孫子，談到一半就緩緩入睡了。

累了一天，徐寬平也閉眼睡了。

睡到半夜，徐寬平聽到父親打呼聲，他醒過來，正想出聲時突然嚇一跳。病床頭頂有一盞小燈，光線還可以，只是病房內看來暗晦朦朧，他從爸爸病床下邊望過去，那一邊隱約中有一團人影蹲著。

這間是單人病房，除了他和父親之外沒有別人呀。

徐寬平瞇眼，又張開，好讓睡眼惺忪的眼睛，可以清明些。

人影搖頭，頭頂上矗立著有限的數根毛髮跟著搖晃，身軀也在晃動，兩手在地上忙碌著，不知道他到底在做什麼。這時，傳來低微的咋咋聲響，一股意念催促徐寬平起身查看，但他既驚且駭異得無法動彈，只能目瞪口呆看著人影。

突然，人影轉過頭，雙眼亮出陰晦紅光瞪住徐寬平。這時，徐寬平看到人影的嘴巴上下咀嚼不止，同時人影的雙手不斷從地上撿起東西往嘴裡塞……

駭異不已的徐寬平，凝眼看到地上烏漆墨黑的東西，形狀像支離破碎的內臟、拖長了的腸子……

不知對恃了多久，地上人影的手，撿拾起一段一台尺半的條狀物，它舉手一甩，竟然朝病床的徐爸爸甩上去！

病床響起輕微震動聲響，是徐爸爸在翻身。接著，他響出低沉的呻吟聲音，聲音喚醒徐寬平，他突然警覺到爸爸的安危，立時起身按亮開關，霎時室內大放光明！

他連忙繞到病床另一邊，人影不見了。轉眼，他看到病床上的爸爸，咬緊牙關，臉扭曲著，狀極不舒服。

他連忙按下床頭的呼喚鈴，一會兒，值班的護士趕過來。

經過診察，所幸徐爸爸並無大礙，不過徐寬平的心卻蒙上一層疑團。

❖

難道這一切真是因為『草莓』禮盒嗎？

不，這理論不合理，徐寬平看到爸爸開刀、休養，一路經過都還稱順利，只是遇到某些突發狀況，但他爸爸都能險中化吉。

最後，他決定應該把這些「突發狀況」的情形減到最低，讓爸爸的治療更平順，然後趕快出院。他也得回公司上班，恢復往日平常的生活。

「小心些喲，別被它纏上了，我覺得它還會再來找你。」李老伯最後交代徐寬平的話浮上來。他轉想到，那天半夜裡蹲在地上的人影又是怎回事？

難道被李老伯說中了？可是蹲著的人影，一點都不像是邱宏柱。

想到這裡，徐寬平覺得不如去找李老伯談談。轉眼看到病床上的爸爸，發出均勻鼾聲，已經晚上九點多了，他走出病房去搭電梯。

電梯頂上的燈乍滅、迅又乍亮，他抬頭看一眼燈，變得陰暗了些。這時，電梯門緩緩打開，徐寬平看到電梯停在樓上X樓，他攏皺眉頭，李老伯病房在樓下的三人房，他記得自己按往下的樓層啊！

電梯門開了，有個人走進來，徐寬平訝異地揚聲叫：「邱宏柱，怎麼是你？」

邱宏柱淡笑，徐寬平欣然的跟徐寬平攀談起來。

電梯持續往下，攀談不到幾句，邱宏柱跟他道再見，跨出電梯。

電梯關上門，頂上燈光一閃又亮，比剛剛多了幾分亮度，徐寬平有如昏昏然的腦袋，忽然清醒了似的感覺。

看一眼電梯停住的X樓層，徐寬平突然想到：呀，剛剛怎沒注意看他的腳？

徐寬平重新按下李老伯住的那層樓，找到李老伯病房詢問，不料他已經出院了，雖然掃興，心中卻也恭喜他。

徐寬平跟其他兩位病人閒談幾句，聽到他們抱怨說，那個李老伯每天夜裡都會醒過來好多次，進進出出吵到他們的睡眠，現在好了不會再被吵醒過來。

徐寬平笑著問道：「不會請護士給他幾顆安眠藥。」

「沒有用，他睡到半夜還是會醒過來。」一位病患搖頭說。

「可能是上了年紀吧。」另一位接口說。

❖

徐寬平搭電梯回到他爸爸病房的樓層，走出電梯，轉個彎就是護理站。

「妳聽說了嗎？」清脆聲，是年輕的那位護士小姐。

「什麼？」是護理長的聲音。

「徐老先生住的那間單人房呀……」

聽到這裡，徐寬平把跨出去的腳往回縮，並豎起耳朵。

護理長沒吭聲，護士小姐清脆聲又響：

「我聽徐老先生兒子說的，很像前一位的病患呀，得肝癌那位，頭頂上數根頭髮，讓我印象特別深刻……」

護理長還是沉默不語。

「姊，妳忘記了，上個月才……」

「病歷表整理好了沒？」護理長截口說：「我在等妳吶。」

聽到這裡，徐寬平背脊竄起一陣寒顫，接著護理站一片沉默。好一會兒，年輕的護士小姐拿著溫水杯經過直接去茶水間。徐寬平放輕腳步，跟著她進入茶水間。

「呀，徐、徐先生，你嚇我一跳。」

「抱歉，我不是故意的，對不起。」

徐寬平擋在門口與護士小姐閒聊幾句，話鋒一轉：

「可以告訴我，我爸病房的前任病患的事嗎？我聽到妳剛剛說的話。他肝癌，我知道妳很忙，請妳告訴我，我不會說出去的，拜託。」

盧了好一會兒，徐寬平終於套出她的話。前一位病患肝癌，癌細胞腫瘤擴及到腎臟、腸道，上個月底病逝在這間病房內。

話罷，護士小姐回護理站。徐寬平沉吟一會兒，轉身又搭電梯往上，直奔方才邱宏柱出去的那樓層。

這層樓特別安寧，沒看到護理站，徐寬平似乎有點迷路了。剛好，前面來了一位男性護理人員，他上前說出邱宏柱的名字，男護理員先是一愣，告知他病房、又該怎麼走。

「等一下，你是他家屬嗎？」

「不，是朋友。」

「現在不是探視的時間哩。來吧，我帶你去。」

兩人轉過幾條長廊，停在一間玻璃窗前，徐寬平看到病人插滿管子，他訝異對照數次病房門口上的名字，沒錯，上面清楚寫著：邱宏柱。

徐寬平整個人都懵了，自己剛剛還在電梯裡碰見他，怎麼這會兒……

「他出車禍，頭部受到撞擊，兩隻腳又被疾駛而過的車子輾斷，粉碎性骨折，昏迷指數一直這樣。」

男護理人員解說到一半，徐寬平已經逃之夭夭。

❖

後來勉強挨過徐爸爸復原出院了，徐寬平才鬆口大氣。以上這些，都是他後來陸續說出來的親身經歷。

── END ──

永續圖書線上購物網
讀品文化 事業有限公司

WWW.foreverbooks.com.tw
yungjiuh@ms45.hinet.net

鬼物語系列 29

毛骨悚然的臺灣靈異事件

作　者　汎遇
出 版 者　讀品文化事業有限公司
執行編輯　賴美君
美術編輯　林鈺恆
內文排版　姚恩涵

總 經 銷　永續圖書有限公司
TEL／(02)86473663
FAX／(02)86473660
劃撥帳號　18669219
地　址　22103 新北市汐止區大同路三段 194 號 9 樓之 1
TEL／(02)86473663
FAX／(02)86473660
出 版 日　2021年09月

法律顧問　方圓法律事務所　涂成樞律師

國家圖書館出版品預行編目資料

毛骨悚然的臺灣靈異事件 / 汎遇著. -- 一版.
-- 新北市 : 讀品文化事業有限公司, 民110.09
面 ;　公分. -- (鬼物語 ; 29)
ISBN 978-986-453-154-7(平裝)

863.57　　110013235

毛骨悚然的臺灣靈異事件　（讀品讀者回函卡）

■ 謝謝您購買本書，請詳細填寫本卡各欄後寄回，我們每月將抽選一百名回函讀者寄出精美禮物，並享有生日當月購書優惠！
想知道更多更即時的消息，請搜尋"永續圖書粉絲團"

■ 您也可以使用傳真或是掃描圖檔寄回公司信箱，謝謝。
傳真電話：（02）8647-3660　信箱：yungjiuh@ms45.hinet.net

◆ 姓名：　□男　□女　□單身　□已婚

◆ 生日：　□非會員　□已是會員

◆ E-Mail：　電話：（　）

◆ 地址：

◆ 學歷：□高中及以下　□專科或大學　□研究所以上　□其他

◆ 職業：□學生　□資訊　□製造　□行銷　□服務　□金融
□傳播　□公教　□軍警　□自由　□家管　□其他

◆ 閱讀嗜好：□兩性　□心理　□勵志　□傳記　□文學　□健康
□財經　□企管　□行銷　□休閒　□小說　□其他

◆ 您平均一年購書：□ 5本以下　□ 6～10本　□ 11～20
□ 21～30本以下　□ 30本以上

◆ 購買此書的金額：

◆ 購自：　市(縣)
□連鎖書店　□一般書局　□量販店　□超商　□書展
□郵購　□網路訂購　□其他

◆ 您購買此書的原因：□書名　□作者　□內容　□封面
□版面設計　□其他

◆ 建議改進：□內容　□封面　□版面設計　□其他

您的建議：

剪下後傳真、掃描或寄回至「22103新北市汐止區大同路三段194號9樓之1讀品文化收」

廣 告 回 信
基隆郵局登記證
基隆廣字第 55 號

2 2 1-0 3

新北市汐止區大同路三段 194 號 9 樓之 1

讀品文化事業有限公司　收

電話/(02)8647-3663 傳真/(02)8647-3660
劃撥帳號/18669219 永續圖書有限公司

請沿此虛線對折免貼郵票或以傳真、掃描方式寄回本公司，謝謝！

讀好書品嘗人生的美味

毛骨悚然的臺灣靈異事件